講談社文庫

ST　警視庁科学特捜班

青の調査ファイル

今野 敏

講談社

目次

ST 青の調査ファイル

1

そのマンションは、遊歩道のそばにあった。遊歩道の両側には灌木《かんぼく》と銀杏《いちょう》の木が茂り、地図で見ると断続的な公園になっている。

どうやら昔はそこに川が流れていたらしい。それを埋め立てて緑地にしたのだ。だから川の流れに沿って、いくつかの細長い公園ができることになった。

戸川一郎《とがわいちろう》はその遊歩道に立ち、マンションを見上げていた。何の変哲もない古いマンションに見える。六階建てで、その住宅街の中では比較的大きな建物の部類に入るだろうか。そのマンションは、緑地帯公園と高圧線の鉄塔の間に立っていた。

戸川一郎はつぶやいていた。

「マジかよ……。今日からここに泊まり込みだなんて……」

目黒と世田谷の境界線近くにあるこの一帯は古い住宅街で、今でも木造平屋の住宅が目に付く。モルタルを塗りつけた木造家屋で、たいてい小さなアパートやマンションの間に埋もれており、壊れかけているように見える。それらが消え去るのも時間の問題だ。木造平屋の住民は、有効な土地利用を考えて自宅をアパートやマンションに建て替えていかねばならない。相続税のせいで土地付きの一戸建ては三代もたないといわれている。

戸川一郎にとっては無縁な話だ。

彼はもちろん東京に土地など持っていないし、親も持っていない。彼の両親は、東北の寒村で今でも農業をやっている。映像プロダクションのAD《アシスタント・ディレクター》などやっている一郎のことを、いつも心配している。だいたい、両親はADが何であるかを正確には知らない。

映像プロダクションというものがどういうものなのかもよく知らないはずだ。就職した年の暮れに故郷に帰ると、あれこれと仕事のことを尋ねられたが、こたえるのが面倒でいい加減な返事ばかりしていた。

両親はたまに帰ってきた一人息子の機嫌をそこねるのが嫌でしつこく質問するのをあきらめた。そういうわけで、両親はいまだに一郎がどんな仕事をしているのかよく知らない。

一郎自身だってわからなくなることがある。親が知ったら、大学まで出た者のすることじゃないと嘆くに違いないと一郎は思っている。

ＡＤの仕事というのは、ありとあらゆる雑用だ。ときにはディレクターの八つ当たり用のサンドバッグにもされる。テレビの台本というのは、薄っぺらに見えるが丸めて頭を殴られるとかなり痛い。ＡＤになってから、そんなことばかりを覚えた気がした。

戸川一郎は、今回の仕事が本当に嫌だった。今見上げている古ぼけたマンションは、実はこのあたりでは心霊マンションとして有名なのだそうだ。

マンションの最上階の西側にある部屋は、いつも空いている。分譲マンションなので、一度売れたらそうそう空き家になるはずはない。だが、入居してしばらくすると、住人は損をするのを覚悟の上で部屋を売り払って出て行ってしまうのだという。

その部屋は、出るのだ。

マンションについては下調べをしてあった。ロケハンもＡＤの役割だ。マンションの名前は、ガーデン・ハイツ。外国人がこの外観を見て名前を聞いたら笑い出すだろうと一郎は思った。日本のマンションというのは、そんな名前ばかりだ。

ワンフロアに五世帯入っており、六階建てだ。つまり、三十世帯入っている計算になるが、実はたいていが二十九世帯なのだ。

新たな入居者があっても、三ヵ月もてばいいほうなのだそうだ。すべての部屋のベランダは南側を向いている。そして、マンションの玄関が南向きで、玄関の前には、わずかな駐車スペースがあった。宅配便などの車が駐車するためのスペースで住民用の駐車場ではない。

つまり、住人にとってみれば、ベランダの下が駐車スペースになっているというわけだ。問題の部屋は今、空き部屋になっている。

一郎が働いているオクトパス・プロは、今夜からそこで撮影をすることになっていた。TBNテレビの二時間スペシャルだ。日本中の心霊スポットを取り上げる番組で、この手の番組は根強い人気がある。

オクトパス・プロはこの番組の下請けだ。社長の八巻克也《やまきかつや》がかつてTBNの敏腕プロデューサーだった。そのおかげでオクトパス・プロはなんとか持ちこたえている。不況のあおりで映像プロダクションがばたばた潰れているご時世だ。仕事があるだけありがたい。

しかし、心霊モノだけは勘弁してほしかった。一郎は、小さな頃から怪談や心霊現象の話が大嫌いだった。我ながら滑稽《こっけい》なくらいに臆病だと思う。いまだに怖い話を聞いた日に一人で部屋にいるのが恐ろしい。

「嫌だなあ……」

一郎は玄関からマンションに足を踏み入れた。古いマンションなのでオートロックですらない。玄関ホールは小さい。右手に管理人室の窓口があり、左手にメールボックスが並んでいる。正面がエレベーターでその右手に階段がある。

管理人や住民に収録の段取りを説明して、さまざまな承諾を得なければならない。管理会社からの許可はすでに取り付けてある。

一郎は溜め息をついてから、管理人室の窓の脇にあるインターホンのボタンを押した。

セッティングは順調に進んでいた。

これから何日も泊まり込むことになるかもしれない。一郎はそう思い、また憂鬱《ゆううつ》になった。今回のディレクターを務める千葉《ちば》光義《みつよし》が難しい顔で台本を睨んでいた。

千葉は無口で余計なことは一切言わない。だがいったん口を開くと、一切妥協がない。報道番組志向の千葉は、オカルト番組を撮らされるのがおもしろくないのかもしれない。

千葉が反旗を翻《ひるがえ》せば、この仕事をしなくて済むかもしれない。一瞬そんなことも期待したが、話がここまで進んでいて、企画が中止になるはずもなかった。それに、会社の窮状を考えれば、仕事を選んでいる場合ではないことは誰にでもわかる。

そして、千葉は、おそらく会社の中では誰よりも大人だと一郎は思っていた。

間取りの中で一番広いのがリビングルームだ。そのベランダに向かっていくつかのカメラが向けられている。出入り口付近には、照明の装置が置かれ、脚立が立ててあった。照明係がライトの角度などを調節するための脚立だ。

千葉が携帯電話を取りだして耳に当てた。

「わかった」

彼はそれだけ言って電話を切った。それから一郎に向かって言った。

「霊能者がお着きだそうだ」

一郎は反射的に言った。

「自分が行きましょうか?」

「いや、いい。俺が行く」

千葉は部屋を出て行き、しばらくして安達春輔《あだちしゅんすけ》を伴って戻ってきた。最近人気の霊能者だ。その後ろにはもう一人のADの上原毅彦《うえはらたけひこ》がいた。プロダクションのバンで安達春輔を迎えに行っていたのだが、どうせどこかでちょっとお茶でもしてきたのだろうと一郎は思った。

上原毅彦は実に要領のいい若者だ。髪を茶色に染め、いかにもギョウカイ風の風体《ふうてい》をしている。一郎のたった一年先輩なだけなのに、やたら先輩風を吹かせる。まあ、一郎が入るまで一人でこき使われていたのだから大目に見てやろうという気にもなる。

安達春輔は、TBNが特番で何度か使い、人気が出た。能役者のような印象がある。のっぺりとした顔だが、眼は切れ長で、ハンサムの部類に入るだろう。年齢は二十九歳ということだった。これまで何度もひどい霊障を取り除いたのだという。いつも黒いトックリのセーターに黒いスーツを着ている。軽くウエーブのかかった前髪が額にかかっていた。

部屋に入るなり、安達春輔は顔をしかめた。一郎はそれに気づいたが何も言わなかった。出演者に声をかけるのはADの仕事ではない。

もちろん、安達春輔の様子に気づいたのは一郎だけではなかった。

千葉が言った。

「安達さん。どうかなさいましたか?」

「すいません」安達は言った。「ちょっと頭痛がします」

彼はそれが何を意味するか、周りの人々がすべて心得ていることを期待しているようだ。千葉がそつなく言った。

「霊を感じるのですね?」

霊の波動をキャッチすると、偏頭痛が始まる。安達春輔を知っている者は、みんなそのことを知っていた。

安達春輔は、表情を曇らせたまま部屋の中をゆっくりと見回した。それから、リビングルームを横切り、ベランダに向かって右手にある襖に近づいた。その向こうは六畳の和室になっている。

安達春輔はそちらの部屋に入っていった。スタッフ一同は恐る恐る彼のあとについて部屋の中を覗いている。一郎は一番後ろにいた。

部屋にはすっかり赤茶けた畳が敷いてある。安達春輔はその部屋の中央に立ちゆっくりと見えないものを見るような眼差しで四方を見回した。

「この部屋ですね……」

安達春輔がつぶやくように言った。

千葉が尋ねた。

「出るのはこの部屋ということですか？」

「霊の波動を一番強く感じます。おそらくここで死んだ人の霊だと思います。誰か、ここで自殺をしていますね……」安達春輔の顔がますますつらそうに歪んでいく。

「おそらく女性でしょう。三十代の主婦だと思います……」

千葉がスタッフたちに言った。

「おい、バラシだ。カメラをこっちの部屋に移動するぞ」

いったんセッティングしてあったカメラ、照明をすべて六畳の和室に移動した。その六畳間は襖でもう一つの和室につながっている。そちらは四畳半だった。

「襖を取っ払って、四畳半にカメラをセットしてくれ。通常のカメラと暗視カメラ両方だ」

千葉がてきぱきと指示を出す。

そこに、チーフ・ディレクターの細田康夫《ほそだやすお》がやってきた。彼は、派手なワインレッドのシャツの上に黒いスーツを着ていた。淡いブルーが入った眼鏡をかけている。

「おーい。ヒロインの登場だぞ」

細田康夫CD《チーフ・ディレクター》は、番組のレポーター役を務める水木優子《みずきゆうこ》を連れていた。二十代後半のタレントだ。若い頃はバラエティーなどでそれなりの活躍もしていた。だが、今はぱっとしない。

ヒロインてこたあないだろう。

一郎は心の中でつぶやいた。

ただのレポーター役だ。この番組の主役は安達春輔だ。水木優子はサングラスをしていた。千葉が安達を紹介した。そのときに初めてサングラスを外した。

水木優子はいちおう丁寧に挨拶をした。だが、それがいかにも仕事慣れしているといった感じがする。彼女はいろいろと噂の多いタレントだった。ものすごい美人というわけではないが、なぜか男好きするのだ。独特のフェロモンを持っているのかもしれない。

セクシー系の番組に出演したことはないし、肉体を売り物にするタイプではない。だが、特にスタッフにもてる。彼女がいまだにテレビの世界で生き残っていられるのは、その特殊なフェロモンのおかげだと陰口を叩く者は多い。

一郎はどうでもいいと思っていた。どうせ、ADにとって番組出演者は雲の上の存在だ。水木優子が到着したということで、すぐに撮影の準備が始まった。タレントの時間を無駄にするとプロダクションがうるさい。

水木優子のメーク待ちの間に、なんとかセッティングをやり終えた。陰気な六畳間と四畳半だ。あわただしく作業をしていると、不気味さを忘れることができる。

まずは、マンションの外で撮影が始まり、一郎は無言の緊張感の中にいた。台本を片手に進行を確認する。冒頭の水木優子と安達春輔の会話の絡みを撮影した。

「おい、あの鉄塔、まずいんじゃないか？」CDの細田が千葉に言うのが聞こえてきた。「あいつが写り込むと、マンションが特定されちまう。後で訴訟沙汰なんてシャレにならんぞ」

「だいじょうぶだ」千葉は無表情にこたえた。「ちゃんとフレームアウトしている」

「さすが」細田は軽薄な調子で言った。「千葉ちゃんに任せておけば、心配ないってか」

千葉はむっつりと無表情のまま何もこたえなかった。

この二人の反《そ》りが合わないことは、会社の誰もが知っていた。細田はいかにもテレビ業界人らしく振る舞おうとする。いわゆる「ギョウカイの乗り」というやつだ。一方、千葉は職人気質で実直なタイプだ。報道系のドキュメンタリーなどを得意としている。

マンションの外での絡みは撮り終えた。あとは、部屋の中でいくつかのやり取りがある。それが終わると、彼女はマネージャーの車に引き上げた。編集で、彼女がずっと問題の部屋にいたように仕上げるが、実際にはすべてに付き合わせるわけではない。

近所の住人のコメント撮りや、かつての住人のインタビューなど、やることはたくさんある。千葉はてきぱきと仕事をこなした。一郎は夢中で千葉の指示に従った。

やがて最初の夜が来た。スタッフは夜通し暗視カメラを回して異変が起きるのを待つ。にわかに空模様が怪しくなり、今にも雨が降り出しそうだった。周囲に大きな建物がないので、六階でも充分に見晴らしがいい。遠くに東京タワーが見えていた。

水木優子は山手通りの近くにあるビジネスホテルに部屋を取り、そこに帰った。霊能者の安達春輔の部屋もそのホテルに取ってある。車で十分ほどの距離だった。

安達春輔は、できるかぎりスタッフに付き合うという。霊的な現象が起きたときは、彼に何とかしてもらわなければならない。部屋にはカメラマン、照明係、千葉、安達春輔、そして一郎が残っていた。

何も起きなければいいがと思いながら、一郎はモニターを見つめていた。だが、何も起きなければ仕事にならない。テレビ局ははっきりと霊的現象がビデオに収められることを期待しているのだ。

安達春輔は、溜め息のような声を洩らした。一郎が思わずそちらを見ると、右側頭部を押さえている。モニターの明かりで顔をしかめているのがわかった。

「頭痛がするのですか？」

千葉が安達春輔に尋ねた。

「ええ……」

その場にいた誰もが暗視カメラのモニターを見つめた。

「うあ……」

一番後ろにいた照明係が声を上げた。一郎は飛び上がるほど驚いて振り返った。ほかの連中も同様だった。

「どうした？」

千葉が尋ねた。

照明係は、モニターの光の中で恐怖に目を見開いている。

「何か見えました」

「何か？」千葉が質問する。「何かって、何だ？」

「白い光のようなものが飛んできたように感じました」

安達春輔がうなずいた。

「僕もそれを見ました」

千葉が一郎に尋ねた。

「おまえ、何か見えたか？」

一郎は首を振った。

「いいえ」

見えなくて幸いだったと思った。これまで心霊現象など見たことも感じたこともない。この先も見たくはない。

「カメラを止めよう。プレイバックして確かめてみるんだ」

カメラマンがビデオを止めて、再生モードにして巻き戻した。だが、結局モニターには暗視カメラ独特の白っぽい映像で部屋の中の様子が映し出されているだけで、何も特別なものは映ってはいなかった。

「撮影を再開してくれ」千葉が言った。「いくら心霊現象を体験しようと、ビデオに収めなければどうしようもない」

「暗視カメラだけではなく、通常のカメラも回してはいかがです？」

安達春輔が千葉に言った。

「通常のカメラ？　こんなに暗いと役に立ちませんよ」

「通常、ポラロイドの念写などでも、霊は光として写ります。通常のカメラのほうがその微妙な光を捉えるかもしれません」

千葉は考え込んだ。そして、カメラマンに言った。

「普通のカメラも回してくれ。三脚に固定しておけばいい」

「わかりました」

それから、沈黙の時が流れた。暗闇の中でみんなモニターを見つめている。やがて、夜が明けてきた。安達春輔は、ホテルに引き上げて眠るという。つまり、もう何も起こりそうにないということだ。千葉は、撮影の終了を告げた。

翌日も同様に過ぎていった。

安達春輔はたしかに霊の存在を感じると言う。だが、結局ビデオには何も写らなかった。

「写りのいい大きなモニターでじっくり調べてみたほうがいいでしょう」安達春輔はあくまで無表情に言った。「小さなモニターでは見逃してしまうような小さな光が写っているかもしれません。霊はそういう形で写ることが多いのです」

千葉は疲れた表情でうなずいた。

「期待しましょう」

だが、チーフ・ディレクターの細田はそんなことで満足する男ではなかった。何も起きないのなら、何かを起こせと言う男だ。

テレビ番組はすべて演出だというのが彼の持論なのだ。その点も千葉とは意見が食い違うことが多い。

細田は言った。

「こういうときのために、タレントがいるんだろうが……」

千葉が怪訝《けげん》そうな顔をした。

「どういう意味です？」

「何か物音でも立てて、ビックリしてもらおうじゃないか。その恐怖におののく様子を撮るんだよ。霊が乗り移ってもいい。優子ならそれくらいの演技はやってくれるさ」

「それって、ヤラセじゃないですか」

「悪いか？　これがどんな番組だと思ってるんだ。オカルトの特番だぞ。局が何を欲しがってるのかわかんねえのか？　それらしい映像なんだよ。何か気味が悪いことが起きて、タレントがびびりまくる。そして、タレントに何か異変が起きるんだよ。それを霊能者が救う。それで決まりじゃねえか」

「それは俺のやり方じゃない」

「そうさ。俺のやり方だ。文句あるか?」

「これは俺の番組だ。俺のやり方でやらせてもらう」

「違うな。おまえの番組じゃない。TBNの番組だ。そして、この仕事を取ってきたのはおまえじゃない。この俺だ」

「だが、俺が担当だ」

「おまえに任せていたんじゃ、いつまでたっても埒《らち》があかない。制作費は限られているんだ。今から俺が仕切る」

「タレントを使ったヤラセなんて、最近の視聴者は見向きもしないぞ」

「視聴者がどうした? そんなことは局が考えることだ。それに優子を使えと言ってきたのはTBNの板垣《いたがき》Pだぞ。文句があるなら、板垣Pに言えよ」

「レポーターを使うことには反対はしていない。使い方が問題だと言ってるんだ」

「何が問題だ? 霊能者は、たしかに霊がいるって言ってんだろう? ならば、それをわかりやすく映像にしてやろうじゃねえか」

「局だってそんな映像を求めてるわけじゃない」

「おまえに何がわかる」

「もうあんたのやり方は通用しないんだよ」

言い合いはエスカレートしていった。一郎ははらはらしていたが、もう一人のADの上原は平然としていた。苦笑さえ浮かべている。こんなことは慣れっこだという顔だ。

「俺に従えないのなら、降りてくれてけっこう。なんなら、会社も辞めたらどうだ？」

千葉は、奥歯を嚙みしめ口を真一文字に結んだ。しばらく細田を見つめていたが、やがて眼をそらして言った。

「わかった」

その夜、千葉は撮影に顔を出さなかった。細田は気にした様子はなかった。細田のペースで撮影は進む。

レポーターの水木優子に近所の住民のインタビューをさせたり、霊能者とともに怪しげな場所を訪ねさせたりして、その姿をカメラに捉えさせる。そして、深夜に部屋に戻り、水木優子がさまざまな物音に恐れおののき、それについて落ち着いた態度で解説する安達春輔の姿をビデオに収めた。

部屋の収録の最中に、安達春輔が紙で人型を切り抜いたものを取り出した。それを額のあたりに押し頂き、目を閉じて祈るような恰好をした。それを空中に放り投げる。床に落ちた人型の首のところがなぜかちぎれかかっていた。

そして彼は言った。

「ここの霊は首に深く関係していますね。首を吊って死んだか、首を折って死んだか……。とにかく首にこだわっています」

水木優子は気味悪そうに相づちを打つ。

「首ですか……。苦しんだのでしょうね」

一郎はその紙の人型を見て、ぞうっと背筋が寒くなった。首のところが切れているのはまぎれもない事実だったのだ。

その収録が終わる頃に、千葉が姿を現した。収録をすすめる細田の姿をじっと見つめている。一郎はその眼差しが気になっていた。

「ようし。オーケイだ」細田が言った。「これで収録はすべて終了。お疲れ」

水木優子が、周囲に明るい顔で「お疲れさま」を繰り返した。

スタッフが機材の撤収を始めようとする。そのとき、千葉が言った。

「機材はそのまま。カメラさんはもうしばらく付き合ってくれ」

スタッフたちが怪訝そうな顔をする。

千葉は続けていった。

「すいませんが、安達さんも、もう少し付き合ってもらえませんか？」

安達は、わずかに眉をひそめたが、けっきょくうなずいた。

「いいですよ」

「終わりじゃないんですか？」

水木優子が迷惑そうな顔で尋ねる。

千葉は事務的に言った。

「いや。水木さんはけっこうです」

水木優子は複雑な顔をした。

一郎にはわかった。千葉は明らかに、「あんたは必要ない」と言いたかったのだ。

水木優子もそれを察したに違いない。

細田が水木優子に言った。

「先に降りて、車で待っていてくれ」

水木優子が部屋を出て行くと、細田は千葉に詰め寄った。

「いったい、何をする気だ？」

「カメラを回す」

細田はあきれたような顔で言った。

「撮影は終わったんだよ。打ち上げに行こうぜ。店を押さえた。代官山の『タイフーン』だ」

「あんたは、あんたの仕事をした。俺は俺の仕事をする」

「おい、機材だのテープだのの費用や人件費は会社から出てるんだ。好き勝手は許さないぞ」

「あんたの会社じゃない」

細田は千葉を睨んだが、千葉は一歩も引く様子はなかった。やがて、細田は言った。

「おまえの会社でもない」

一郎は二人のやり取りを聞いていてどう転ぶのかと不安だった。正直に言えば、このまま収録を終えたい。

安達春輔が言った。

「人が大勢いるところではなかなか心霊現象は起きにくい。どうでしょう？　ビデオカメラだけ回して、いったん全員この部屋を出るというのは……」

千葉と細田が同時に安達春輔を見た。安達はあくまでも無表情だった。よく、能面のようだという喩《たと》えがあるが、そのときの安達春輔の顔は本当に能面のようだと一郎は感じた。

「何か映ると思いますか？」

安達春輔はうなずいた。

「これだけ霊の影響が強いのです。おそらく、何か映るに違いありません」

細田はちょっと考え込んだ。

千葉が言った。

「映ろうが映るまいが、俺は納得がいくまでやらせてもらう」

「ふん」細田が言った。「好きにするさ。おい、戸川」

一郎は急に呼ばれてびっくりした。

「はい」

「おまえは付き合うことはないんだぞ。いっしょに打ち上げに来い」

一郎はちらりと千葉を見た。仕事では千葉の下に付くことが多い。それを承知の上で細田は言っているのだ。

「いえ、自分は後で追っかけます。片づけとかありますし……」

細田は一郎を一瞥《いちべつ》すると、くるりと背を向けて部屋を出て行った。

千葉はすぐに仕事に取りかかった。安達春輔に言う。

「カメラの位置は、最初のセッティングでいいですね？」

安達春輔がこたえる。

「いいと思います」

「ビデオだけ仕掛けて、部屋は無人にしたほうがいいんですね？」

「はい」

千葉は残っていたカメラマンと一郎にてきぱきと指示を出してセッティングを終えた。

「でも……」カメラマンが言った。「ここにあるビデオカメラは、少なくとも三時間置きにテープを取り替えないといけないタイプですが……」

千葉は時計を見た。一郎も反射的に時計を見ていた。

夜の十一時になろうとしていた。

「午前二時に一度テープを取り替えに来よう。暗視カメラと通常のカメラ両方だ」

どうせ、僕が来ることになるんだろうな……。

一郎はそう思い憂鬱になった。今までは大勢でいたが、今度は一人で真っ暗なこの部屋に来なければならない。

ビデオカメラを回して、一同は部屋を出た。千葉は安達春輔に言った。

「では打ち上げ会場までお送りしましょう」

会社の車は細田と先輩ADの上原が乗っていったようだ。水木優子のマネージャーの車もない。

一郎は表通りに出てタクシーを拾った。それに千葉、安達春輔、カメラマン、そして一郎の四人が乗り込んで、打ち上げ会場に向かった。これで、番組収録に関わったすべての人間が打ち上げ会場に顔を揃えることになる。

会場は、旧山手通り沿いにある南方風のレストランだった。そこは朝の五時まで営業しているということだった。

細田はすっかりできあがっているようだ。水木優子を隣に侍らせ、赤い顔をしてご機嫌だ。水木優子も仕事を終えた解放感からかかなり酔っている様子だった。細田が安達春輔に声を掛け、水木優子の隣の席に呼んだ。細田と安達春輔で水木優子を挟む恰好になった。

千葉と一郎は、細田から離れた席でひっそりと飲みはじめた。一郎は酔っぱらうわけにはいかないと思った。午前二時にはテープを取り替えに部屋に戻らなければならない。ここで飲んでいるよりもどこかで仮眠を取りたかった。酒を飲んだらたちまち眠ってしまいそうな気がした。

「一郎」ビールを一口飲んだ千葉が言った。「おまえ、もう帰っていいぞ」

一郎はびっくりした。

「でも、二時にテープを替えなきゃ……」

「言いだしたのは俺だ。俺がやっておく」

「いえ、それはＡＤの仕事ですから……」

「いいんだ。その代わり、五時には部屋に行って、テープを回収してくれ。ほかの者の手に渡したくない」

ほかの者というのが、細田であることは明らかだった。

「それはいいですが……」

「適当に引き上げて寝ろ」

千葉の口調はぶっきらぼうだったが、一郎はその気づかいがうれしかった。何より、一人で真夜中にあの部屋に行かなくて済むのがありがたかった。

睡眠時間も確保できそうだ。

「ありがとうございます」一郎は頭を下げた。「お言葉に甘えさせていただきます」

2

誰かが寝ているのかと思った。

一郎は、まだ目が覚めきっていない。

預かっていた合い鍵で六〇一号室のドアを開け、廊下を進んだ。飾りガラスをはめ込んだリビングルームのドアを開け、明かりを点けたとき、一郎はぎょっとした。

床に誰かが横たわっているのが見えた。部屋の中に糞尿の臭気がこもっている。一郎は顔をしかめた。

脚をこちら側に向け俯せに倒れている。その服装に見覚えがあった。

細田康夫チーフ・ディレクターだ。

二次会の後に酔いつぶれてここに転がり込んだのだろうか。糞尿を洩らすほど泥酔したのかもしれない。

眠っているのなら、そっとしておこう。まずは、テープを確認することだ。千葉に、細田にテープを渡すなと言われていた。その指示に従うことが第一だ。

まだカメラは動いていた。テープが入っているということだ。

一郎はふと違和感を覚えてリビングルームに戻った。細田CDの顔は向こうを向いている。一郎はそっと顔が見えるところまで移動した。

そして、立ち尽くした。

声も出ない。

一郎はぼんやりと思っていた。

ああ、見なければよかった。見なかったことにしようか……。

細田は目を見開いていた。その眼からは光が失われている。虚ろな眼だ。

口が開き、そこからぽってりとした舌がはみ出していた。

死んでいるのだ。糞尿の臭気はその死体からのものだ。

一郎の頭の中は完全に麻痺していた。どうしていいかわからない。突然、隣の部屋で物音がしてぎょっとした。誰かいるのかと思った。

だが、それはビデオカメラが停止した音だった。テープが終わったのだ。

テープを回収しなくちゃ……。

一郎は四畳半に向かった。そこで、思い直した。

いや、そんなことは後回しでいい。細田CDが死んでいるんだ。

またリビングルームに引き返す。しかし、まず何をすべきかわからない。

千葉の指示が頭をよぎる。一郎は、再び四畳半にやってきた。うろうろとリビングルームと四畳半の行き来を何度か繰り返した後に、ビデオカメラからテープを取りだした。

それを手にしたときに、ようやく携帯電話で連絡を取るべきだということに思い至った。だが、一郎が電話をした先は一一〇番ではなく、千葉の携帯電話だった。

九回以上呼び出し音が鳴る。ようやく千葉が出た。当然、千葉は寝ていたようだ。ひどく不機嫌そうな声が聞こえてきた。

「一郎か？　何だ？」

「あの……。現場で細田さんが死んでるんですけど……」

しばらく返事がない。

やがて千葉は言った。

「死んでるって、どういう意味だ？」

ギョウカイでは、疲れ果てていることや、酔いつぶれていること、また、音沙汰がないことなどを「死んでいる」と表現することがある。

千葉はそれを確認しているのだ。

「いえ、その……」一郎はこたえた。「本当に死んでるんです。現場の部屋のリビングルームで、あの……、亡くなっているんです」

　再び沈黙があった。

　一郎は四畳半に移動していた。リビングルームの様子はなるべく見たくない。

　千葉の声が聞こえてきた。

「まず、警察に電話しろ。部屋の中の物にはできるだけ手を触れるな」

「わかりました」

「すぐに行く。とにかく一一〇番したら、そこにじっとしていろ」

「はい……」

　電話が切れた。

　そのとき、一郎は左手にビデオテープを持っていることに気づいた。千葉は部屋の中のものに触るなと言った。一郎はすでにビデオカメラに触っていた。

　テープを戻そうか……。

　一郎は迷った。そしてトラブルが起きたときの第一原則を思い出した。すぐにディレクターに報告すること。

　一郎は、テープを千葉に手渡すことにした。

　携帯電話で一一〇番にかけると、てきぱきした女性の声が応答した。

「はい。こちらは一一〇番です。何がありましたか？」

百合根《ゆりね》友久《ともひさ》は、あくびをかみ殺した。

目の前では、お馴染みの鑑識係の作業が始まっていた。耳に受令機のイヤホンを差し込んだ機動捜査隊の面々がルーズリーフのノートを片手に歩き回っている。そのノートには書類ばさみのクリップが付いていた。

死体が転がっている部屋。

かつては、それだけで緊張したものだ。だが、場数を踏み、百合根も現場であくびをこらえなければならないほど慣れてきていた。

「警部殿」

菊川《きくかわ》吾郎《ごろう》が言った。菊川は、中年の警部補だ。一目見て叩き上げの刑事だとわかる風体をしている。実に刑事らしい刑事で、自らそうあらねばならないと信じているかのようだ。キャリア組の百合根よりもはるかに年齢が上だが、階級は一つ下だ。

「殿」にはもちろん、皮肉な響きがある。

「ホトケさん、見るかい？」

「ええ」

百合根は遺体に近づいた。目と口を開いた遺体。中年男だ。糞尿を洩らしているのは、死が突然訪れたことを意味している。変死体はたいてい糞尿にまみれている。中年男だろうが、美少女だろうが関係ない。死体というのはそういうものだ。

出血は見られない。すぐ近くに脚立がある。遺体の位置からして脚立から落ちたように見える。首の角度が不自然だ。脚立から落ちた拍子に首の骨を折ったのかもしれない。だとしたら、これは事故死だ。

この部屋は、空き家のようだ。家財道具が何もない。その代わり四畳半にはビデオカメラ二台とモニターがセットされていた。

「ここで何をやっていたんです？」

百合根は菊川に尋ねた。

「テレビ番組の撮影らしい」

菊川も寝ていたところを起こされたのだろう。見るからに不機嫌そうだ。もっとも、百合根は、菊川の機嫌がいいところを見たことがない。

「事故死のように見えますね……」

「予断は禁物だぜ、警部殿」

「わかってます」

「それで、STのメンバーは？」

「今、こっちへ向かっています」

そのはずだ。

警視庁科学特捜班は、STと呼ばれている。刑事部捜査一課にも科学捜査担当がいるが、STは、彼らとは立場が違う。STのメンバーは警察官ではない。警視庁科学捜査研究所に所属する技術吏員だ。従って、彼らは警察手帳も手錠も拳銃も持っていない。

「俺の獲物はどこだ？」

低くよく透る声が入り口のほうで響いた。百合根はその声に思わず振り向いていた。

STのリーダーの赤城《あかぎ》左門《さもん》だ。

目黒署の鑑識係員たちは、一瞬何事かと手を止めて赤城のほうを見た。赤城はまったく頓着《とんちゃく》する様子もなく百合根と菊川に近づいてきた。

無造作な髪型。無精ひげが浮いている。早朝に電話で叩き起こされたせいではないだろう。彼はいつも無精ひげを生やしているのだ。わずかに乱れた髪も無精ひげもなぜか、赤城の場合不潔さを感じさせない。退廃的な男の魅力といったようなものを漂わせている。それを、百合根はいつも不思議に感じていた。

「ホトケさんはあそこです」

百合根が指差すと、赤城はすぐに死体に近づいた。さっと検分すると、彼は低い声でしゃべりはじめた。

「頸椎《つい》の損傷だな。延髄をやられたのが死因だろう」

そばにいた鑑識係員が手を止めて近づいた。

「あんた、監察医かい?」

赤城は、死体に目をやったままこたえる。

「いちおう医者だがね。所属は科捜研だ」

「科捜研?　じゃあ、ひょっとして噂のＳＴかい?」

「法医学担当の赤城だ。噂って何だ?」

「いや、科警研だか科捜研だかの連中が現場にやってくるっていう……」

また一人、別の鑑識係員が近づいていった。

「ロシアまで出かけていって、事件を解決したって話、聞いたよ」

赤城は顔をしかめた。

「事件を解決?　素人みたいな言い方だな」

さらに一人、別な鑑識係員が言った。

「俺たちは、捜査に必要な証拠をかき集めるだけだ。それが捜査や公判でどう使われるかはまったく知らない。事案の扱いについちゃ素人みたいなもんさ」

赤城は、脚立を見た。

「これは、立っていたのか？」

最初に声をかけた鑑識係員がこたえた。

「立っていた。倒れていたというのなら、首が折れたのもうなずけるんだがな……。立っていたとなると……」

「そう」別の鑑識係員が言う。「人間、倒れたり落ちたりしたら、反射的に手をつくからな。腕や肘、肩の骨折や脱臼が見られる。だが、このホトケさん、手を出した様子がない」

さらに別の鑑識係員が言う。

「後ろ向きに落ちたというのなら別だがね……」

「後ろ向きね……」

赤城は死体の後頭部を探った。

三人の鑑識係員はその様子に注目していた。百合根と菊川も赤城の手もとを見つめていた。

「ここだ」赤城が言った。「血腫がある」

「血腫？」

そう尋ねたのは、菊川だった。赤城が無表情にこたえる。

「こぶだよ」

三人の鑑識係員はそれを確認しようとした。

「だが……」鑑識係員の一人が言った。「ならば、どうして死体は俯せに倒れてるんだ？」

彼らの会話を聞き止めたらしく、機動捜査隊の連中も近づいてきた。たちまち赤城の周囲に人の輪ができた。これもいつものことで、百合根は驚かされる。赤城には人を惹きつける独特の雰囲気があるのだ。

だが、赤城は一匹狼こそ自分の生き方だと強く心に決めているようだ。そこが百合根にはわからない。赤城の半分でも自分に人徳があれば、と思う。

百合根の脇を大きな人影が音もなく通り過ぎてぎょっとした。

長い髪を頭の後ろで束ねている。まったく気配を感じさせないその巨漢は、ＳＴの黒崎勇治《くろさきゆうじ》だった。

「おう……」菊川も黒崎の登場に驚いた様子だった。「さすが、武道の達人だな。物音一つたてやしねえ」

菊川の言うとおり、黒崎はいくつかの古武道の免許皆伝だそうだ。暇があると、日本古来の武道を訪ね歩く旅に出るのだという。武者修行の旅という言葉がこれほど似合う男を百合根は見たことがない。

彼は、STの第一化学担当だ。化学事故、ガス事故などの鑑定が専門だ。その仕事に彼の嗅覚がおおいに役立っている。

彼の嗅覚は、微量の化学物質を嗅ぎ分けるらしい。香水の調香師や香道の達人クラスなのだ。いや、それ以上かもしれない。科捜研の同僚たちは、彼のことを『人間クロマトグラフィー』と呼んでいたそうだ。

「おう、黒崎。ちょっと嗅いでみろ」

赤城に言われて、黒崎は非難するような眼で見返した。犬じゃないんだと言わんばかりだ。

黒崎は近づいて死体を検分した。

「どうだ?」赤城は言った。「おまえでなくてもわかる。かなりアルコールが残っているだろう」

黒崎は無言でうなずいた。

「死ぬ直前まで飲み続けていたって感じか？」

赤城に尋ねられ、黒崎はまた無言でうなずいた。

黒崎は滅多なことでは口を開かない。おそろしく無口なのだ。だが、百合根が知る限り、赤城との意思の疎通に支障を来したことは一度もない。

「早くいらっしゃい」

入り口付近で若い女性の声が聞こえた。結城翠《ゆうきみどり》の声だ。

その声に何気なくそちらを見た鑑識係員や機動捜査隊の連中は、凍り付いたようになった。結城翠の姿から眼を離せなくなっていた。見とれているのだ。

おそらく、そのうちの何人かは、結城翠といっしょに現れた青山翔《あおやましょう》に見とれているのだろうと思った。

美男美女がそろって現れたのだ。

しかも結城翠は、胸が大きく開いた薄手のニットのセーターにおそろしく丈の短いミニスカートという出で立ちだった。赤いセーターの胸元からは、豊かな乳房の谷間がはっきりと見て取れたし、白い革のスカートの下からは太もものほとんどがむき出しという状態だ。長い髪を自然に背に垂らしていた。現場に入る前にその髪をきゅっと後ろにまとめ上げて止めた。

青山はいかにも眠たそうな顔をしていた。子供の寝起きのようにぐずっているようにすら見える。その青山を翠が引っぱるようにして連れてきたのだ。

百合根は青山ほどの美青年をこれまでの人生で見たことがなかった。目鼻立ちはすっきりとしており、色白だ。髪は絶妙なバランスでかすかにウエーブを描いている。

その場にいたほとんどの男たちの視線を釘付けにした結城翠は、STの物理担当だ。弾道検査や声紋の照合などを専門としている。特に、彼女は音声に関してはプロ中のプロだ。彼女は、並はずれた聴覚を持っている。本当は潜水艦のソナー手になりたかったという変わり種だ。だが、その彼女の夢は決定的な理由で諦めなければならなかった。翠は極度の閉所恐怖症なのだ。

青山翔はSTの文書鑑定担当だ。犯罪者の心理的な面の分析が仕事で、プロファイリングも彼の役割の一つだ。

翠は、百合根に言った。

「青山君を迎えに行っていたので遅くなったわ」

百合根はうなずいた。翠が連れに行かなければ青山はここへ来なかったかもしれない。

「とにかく現場を見てください」

百合根が言うと、翠はうなずいた。

赤城が翠に言う。

「後頭部に血腫がある。どうやら、この脚立から落ちて後頭部を打ったらしい。ということは、後ろ向きに落ちたということだが、見てのとおり死体は俯せだ。どう思う？」

翠はちらりと脚立を眺め、それから死体を見下ろした。

「脚立の高さは、百五十センチくらい？」

翠の問いに鑑識係員の一人がすぐさまこたえた。

「正確に言うと百五十五センチだ」

「バランスを崩して後ろ向きに落ちたとしても、まず腰を打ちそうなものね。後頭部から落ちて首の骨を折るというのは考えにくい」

翠が言うと、鑑識係員たちがそれぞれにうなずいた。彼らは、なんとか翠の肢体から眼をそらそうと努力しているようだった。

青山は出入り口付近にたたずみ、ぼんやりと部屋の中を見回している。仕事をしているようには見えない。

菊川がそんな青山を見て小さく舌を鳴らした。

青山は、死体もろくに見ずにリビングルームを出て行った。隣の部屋から青山の声が聞こえてきた。

「わあお……」

百合根は気になってそちらに行った。何もない六畳間だった。襖がありその向こうが四畳半になっている。襖は開け放たれており、青山は四畳半のほうを見ていた。彼が何に関心を引かれたかは訊かなくてもわかった。四畳半には、二台のカメラが三脚に据え付けられていた。その後ろにはモニターもある。

青山は、百合根に尋ねた。

「ここで何をしていたの？」

「テレビ番組の撮影らしいです」

「どんな番組？」

「さあ……。関係者にまだ直接話を聞いていないので……。機動捜査隊の話によると、心霊現象の特集か何かだとか……」

「心霊現象？」

青山がまっすぐに百合根を見た。

これだけの美青年にじっと見つめられると、落ち着かない気分になる。美はたしかに力なのだと思ってしまう。

「この部屋で本当に心霊現象が起きるの？」

「知りませんよ。そういう噂があるから、撮影してたんじゃないんですか？」

「ふうん……」

青山は六畳間の中を見回した。

そのとき、菊川が戸口から顔を覗かせて百合根に言った。

「警部殿、刑事調査官がお着きだ」

「川那部《かわなべ》さんですか？」

菊川はうなずいた。その顔に緊張が見て取れる。

刑事調査官は捜査一課のベテラン刑事だ。検視を担当する刑事調査官は、検死官とも呼ばれる。通常は十年以上の捜査経験を持つ警視以上の者が、法医学の研修を受けて担当する。

川那部遼一《りょういち》は、警視庁の捜査一課に三人いる検死官の一人だ。そして、百合根が今回STの出動を決めた原因となったのが、この川那部警視だった。

STを統括しているのは、科捜研のナンバーツーである管理官の三枝俊郎《さえぐさとしろう》警視だ。

三枝管理官はノンキャリアで警視まで昇り詰めた優秀な刑事だった。

そして、川那部は三枝のライバルなのだ。百合根はかつて、科捜研の桜庭大悟《さくらばだいご》所長に、三枝のためにも川那部には負けるなという意味のことを遠回しに言われた。川那部は明らかにSTを邪魔者扱いしていた。百合根はその点もおもしろくなかった。

この変死体にどの程度の事件性があるかわからない。本来ならば、所轄に任せておけばいい事案かもしれない。

しかし、百合根は出動を決めた。川那部が検視にやってくるのではないかと思ったからだ。そして、案の定、川那部がやってきた。百合根は、六畳間に青山を残したまま、リビングルームに戻った。

川那部検死官は、いつもと変わりなく髪をきっちりとオールバックに決め、一分の隙もなく紺色の背広を着こなしていた。ズボンの折り目はカミソリの刃のようだ。ワイシャツに皺もない。いつ何時でも彼の出で立ちは威圧感があるほどきっちりとしている。

川那部検死官は、百合根を見ると即座に言った。

「こんなところで何をしている?」

「現場を見に来ました」

「科捜研の出る幕じゃない」

それから、川那部は赤城を見ていった。

「遺体に触るな」

赤城は、ちらりと川那部を見るとすぐに死体に眼を戻した。川那部を無視するような態度だった。

検死官は、腹を立てた様子で死体に近づいた。

「どけ。検視は私の仕事だ」

赤城は川那部のほうを見ずに言った。

「法律では、検視は医者が立ち会うことになっている」

「実情に合わん。だから、刑事調査官が代行検視を行うのだ」

「俺は医者だ。法医学の専門家だ」

川那部は顔をしかめた。

「そうだったな。だが、私が来たからにはもう用はない。ごくろうだった」

赤城は横目で川那部を一瞥した。

その様子を離れたところで見ていた菊川が苛立った様子で百合根に耳打ちした。

「おい、刑事調査官に逆らっても何の得にもならんぞ。なんとかしろ」

赤城のそばに立っていた翠がさっと菊川のほうを見た。百合根に耳打ちした声などとうてい聞こえそうにない距離だ。

だが、翠には聞こえるのだ。彼女の聴力は常人をはるかに超えている。

菊川と翠の眼が合った。菊川は、翠の聴力のことを思い出したようだ。ばつが悪そうに眼をそらした。

百合根はどうしていいかわからなかった。立場上はSTのキャップで、組織上は係長と同等ということになっている。だが、どうしても彼らの上司という実感が持てない。

妙な沈黙がその場を支配した。

その気まずさを救ったのは、山吹才蔵《やまぶきさいぞう》の声だった。

「遅くなって申し訳ありません。お勤めを済ませてきたもので……」

山吹才蔵は墨染めの衣をまとっていた。僧衣だ。

山吹を初めて見る所轄署の鑑識係員や刑事たちは、唖然と彼を見つめた。

やがて刑事の一人が言った。

「誰か坊さんを呼んだのか？」

山吹が現場に現れるたびに、誰かが言う台詞だった。

山吹才蔵はＳＴの第二化学担当だ。薬学の専門家で覚醒剤等の調査分析が仕事だ。一方で、彼は僧籍を持つれっきとした曹洞宗《そうとう》の僧侶だ。実家が寺なのだ。

「さて、まずホトケさんにご挨拶しませんと……」

そのたたずまいはまさしく僧侶のものだった。彼は般若心経を唱えはじめた。

誰も山吹に文句を言う者はいない。鑑識係員も刑事も手を止めてその場で頭を垂れた。合掌している刑事すらいた。

さすがの川那部も何も言えない様子だった。

3

百合根は、死体の検分を川那部検死官に任せるように赤城に言わなければならなかった。赤城が死体を離れると、そばにいた鑑識係員たちも散っていった。

黒崎、山吹、翠も百合根のそばにやってきた。

赤城が百合根に尋ねた。

「青山が来てたような気がするが……」

「隣の六畳間にいます」

「何してるんだ？」

「さあ。僕には彼の考えていることはわかりませんよ。たぶん、心霊現象と聞いて興味を引かれたんじゃないですか？」

「心霊現象？」山吹が尋ねた。「何のことですか？」

「ここで、テレビ番組の収録をしていたそうです。なんでも心霊現象の特集番組だとか……」

「ほう……」

山吹はそう言っただけだった。

「あの……」百合根は山吹に尋ねた。「心霊現象って本当にあるんですか?」

「ないとは言い切れませんな。それらしい現象は起こりえます。しかし、それが霊の仕業かどうかは、何とも言えません」

「お祓いとかして儲ける坊さんもいるんでしょう?」

翠が尋ねる。山吹は平然とこたえた。

「医者が処方する精神安定剤みたいなものですな」

百合根はびっくりした。

「お坊さんがそんなこと言っていいんですか?」

「私は禅坊主です。霊魂のことなど知りませんよ。只管打坐《しかんたざ》。それが道元《どうげん》の教えです」

川那部検死官の声が聞こえてきた。

「行政解剖でいいだろう。身元は?」

そばにいた所轄の刑事がこたえる。

「細田康夫、五十一歳。オクトパス・プロという映像プロダクションの共同経営者だそうです。肩書きはチーフ・ディレクター。名刺を持っていました。住所は、世田谷区経堂《きょうどう》……。免許証で確認しました」

「目撃者は？」

「いません」

「一人で撮影していたというのか？」

「関係者の話だと、カメラを回しっぱなしにして、全員が引き上げたというんです」

「何か用事を思い出してホトケさん一人が戻ってきたというわけだな？」

「そういうことだと思います」

「チーフ・ディレクターというのは、責任のある立場なんだろう？」

「だと思います」

「争った音とか、不審者を見たという者はいるのか？」

「いいえ」

川那部検死官はうなずいて言った。

「事故死だな」

赤城が川那部のほうを見た。

百合根は、はらはらしながら赤城の様子をうかがっていた。だが、赤城は何も言わなかったので、百合根はほっとした。

さらに川那部は言う。

「事件性は認められない。ホトケさんは、この脚立に乗り、バランスを崩すかどうかして転げ落ちた。そして運悪く首の骨を折って死亡した。そういうことだ」

「検死官」

翠が言った。百合根はぎょっとした。

「遺体には後頭部に血腫が見られます。なのに遺体は俯せです。どう思われますか？」

「私は転がり落ちたと言ったはずだ」川那部は平然と言った。「後ろ向きに転がり落ちて後頭部を強打。その衝撃で頸椎を損傷した。そのまま勢い余って後方に転がった。マット運動の後転のような形になったわけだ。そして、俯せになった」

彼は、脚立を指差した。

「遺体と脚立との距離がそれを物語っている。ただ落ちただけなら、遺体はもっと脚立のそばにあるはずだ。そうは思わんかね？」

翠はちらりと、死体と脚立の距離を見た。それから、言った。

「たしかにそうかもしれません」

百合根はその言葉に安堵していた。しかし、川那部の言葉に納得していたわけではない。STのメンバーもおそらく釈然としていないに違いない。

リビングルームの出入り口に、制服を着た警察官が現れた。

「撮影の関係者の方です」

川那部検死官がうなずいた。

「入ってもらえ」

明らかに、その現場は川那部が仕切りはじめていた。

警察官と入れ替わりで、一人の男が戸口に姿を現した。黒いトックリのセーターに黒いスーツ。色白の顔をその黒ずくめの恰好が強調している。すっきりとした顔立ちの男だ。能面のようだと百合根は思った。

川那部が尋ねた。

「あなたは？」

戸口の男は、その問いにこたえずに言った。

「細田さんは、首の骨を折って亡くなったと聞きました」

川那部は顔をしかめた。

「まず、質問にこたえてください。どなたですか？」

男は言った。

「これは、霊障です。霊の祟りです」

「ほう……」

山吹が言った。

そのとき、百合根はその男が何者か気づいた。どこかで見たことがあると思っていたのだ。

「安達春輔さんですね」

百合根は言った。安達は、眉をひそめて細田の遺体を見つめていた。

川那部が百合根に尋ねた。

「誰なんだ？」

「霊能者です」

「霊能者だと……？」

「この現場で収録されていた番組に出演されるのですね」

安達春輔はようやく遺体から眼をそらし、百合根を見た。

「あなたは？」

「警視庁科学特捜班の百合根といいます」

「科学特捜班……？」

安達春輔は怪訝《けげん》そうな顔をした。

「私がこの場の責任者だ」

川那部が、ぴしゃりと言った。安達は無表情に川那部を見つめた。そして、言った。

「この事件には、警察の力も及ばないでしょう」

川那部はむっとした表情で言った。

「どういう意味ですか?」

「すでに申しました。細田さんは、霊障によって亡くなられたのです」

「へえ、霊障……」

青山の声がして、百合根は、はっとそちらを見た。

六畳間とリビングルームをつなぐ出入り口から青山が顔を出していた。川那部も青山のほうを見ていた。そして、また怪訝そうな表情を浮かべた。青山の美貌があまりに殺人現場にそぐわないからだろう。

「どんな霊障なの?」

「あなたは……?」

「僕は青山。科学特捜班のメンバー。ねえ、霊障ってどういうこと?」

「この部屋には、地縛霊が付いています。おそらく自殺した人の霊でしょう」

「地縛霊……」

「特定の場所に留まっている霊のことです。だからここで撮影をしていたのです。そこにいるお坊さんも、そのためにここに来ているのではないのですか？」

そう言われて、山吹は、なぜかばつの悪そうな表情でこたえた。

「いやあ、私は捜査のほうでして……」

「捜査のほう……？　どういう意味です？」

「私も科学特捜班のメンバーです。山吹といいます。実家が曹洞宗の寺なもんで……」

安達春輔は、無言で山吹を見つめていた。山吹が言っていることが事実なのか冗談なのか判断がつきかねている様子だった。

「その人が言っていることは本当ですよ」

百合根が言うと、安達春輔は納得しない様子のまま言った。

「とにかく、私が霊視したところでは、過去に首を吊ったか、首を切られたか、あるいは首を折ったか……、首に関係することで死んだ人がいたことがわかりました」

「へえ……」青山が言った。「霊視ってどうやるの？」

「いろいろな方法があります。今回は、紙人形を使いました。私が紙人形を宙に放るのです。落ちた紙人形の首のところに切れ目が入っていました。霊が私に訴えかけている証拠です。それは、撮影に立ち会っていた人たちや、今回のレポーター役の水木優子さんがはっきりと目撃しています」

「わあお」青山は驚いた顔をした。「何もしないのに、紙でできた人形の首のところが切れたの？」

「そうです」

安達春輔はこたえた。青山と話をしていると、彼はいっそう無表情になっていくように、百合根には見えた。

「ねえ」青山は山吹に尋ねた。「そんなことって、本当に起きるの？」

「さて、私は経験したことがないので、わかりません。なにせ、私は禅坊主でして……」

「いい加減にしたまえ」川那部検死官が大きな声で言った。「これは、事故死だ。それで一件落着だ」

青山が川那部に言った。

「その可能性は大きいですよ。でもね、別の可能性だってある」

「別の可能性？」

「そう。この人が言った霊の祟り」

「ばかばかしい……」

「そして、殺人」

「な……」川那部の顔が赤くなった。「君は私の話を聞いていなかったのかね。事件性は見られない。これは事故だ」

「僕は可能性の話をしているんですよ」

「刑事はＳＴの戯言《たわごと》に付き合っているほど暇じゃないんだ。さあ、私はもう用はないから帰る」

青山の台詞を奪われてしまったな……。

百合根はそう思い、笑いが洩れそうになるのをこらえていた。

川那部は出口に向かった。百合根たちＳＴたちは、出入り口付近に集まっていたから、当然川那部は彼らのすぐそばを通り過ぎることになる。

「じゃあ……」青山が近づいてくる川那部に言った。「この事件、殺人としての捜査はしないんですね？」

「しない。事件にもしない。事故だ」

「それを決めるのは、検死官じゃないだろう」赤城が言った。「検死官の検分は、あくまで捜査上の参考意見のはずだ」

川那部は赤城のすぐそばで立ち止まった。そして、噛みつきそうな顔で言った。

「私が事故死だと言ったら、事故死だ。私は死体のプロなんだ」

「それは、俺も同じだ」

川那部は、ふんと鼻を鳴らすと戸口から出ていった。

「ホトケさん、運んでいいかい？」

リビングルームの外から声がした。百合根が振り向くと、見たことのない男が立っていた。

背が低く、髪を七三に分けている。眼がぱっちりと大きく、文楽の人形を思わせる風貌だ。

菊川が紹介した。

「目黒署《ピーエス》の北森《きたもり》係長だ」

百合根は、名乗ってから言った。

「ええ、遺体は運んでいただいてけっこうです」

「署《ピーエス》に運ぶけど、いいね？」

「はい」百合根は言った。「それで、今後のことですけど、どうします？」

北森係長は、大きな目で百合根を睨むように見て言った。

「検死官が事故死だと言ったんだから、事故として処理するしかないだろう」

赤城が言った。

「法医学の専門家として言わせてもらえば、疑問がないわけじゃない」

北森係長は、赤城を見て顔をしかめた。

「本庁の警視殿が事件性はないと言ったんだ。俺たち所轄じゃどうすることもできないよ」

「検事におうかがいを立ててみるといい」赤城は引かなかった。「代用検視より、法医学専門の医者の意見に耳を貸すかもしれない」

北森係長はさらに苦い表情になった。

「俺たちはなるべく仕事を増やしたくないんだがね……」

「鑑識の報告を待ってからでも、結論を出すのは遅くはないだろう」

周囲で作業をしていた鑑識係の連中が、ちらりと赤城のほうを見た。彼らは、何も言わないが赤城に賛同していることはその表情から明らかだった。

「祟りだってこの人も言ってるし……」

青山が親指で安達春輔を指し示して言った。北森係長は、冗談にはつき合えないという顔をした。

「青山さん」百合根は言った。「話をややこしくしないでください」

「どうしてさ。関係者の重要な証言だよ」

「とにかく」北森係長は、言った。「この件は、署に持ち帰って検討する。追って知らせるよ」

百合根は言った。

「わかりました」

そう言うしかなかった。

STに捜査権はない。捜査員に対して参考意見を述べるのが本来の役割だ。

百合根は、さらに言った。

「我々も引き上げます。その前に、事件の関係者から話を聞かせてもらえますか?」

北森係長は、一瞬何か反論しかけた。だが、思い直して面倒くさげに言った。

「下の車に二人いる。手短にしてくれ」

遺体を運び出した後、ADの戸川一郎をリビングルームに呼んでもらった。戸川一郎は、顔色が悪い。ひどく緊張しているせいだろう。彼が、遺体の第一発見者だという。尋問は、専門家の菊川に任せることにした。菊川の後ろに百合根をはじめとするSTの連中が控えていた。

「すいませんね」菊川は切り出した。「腰かけるところもない」

「ええ、わかってます」戸川一郎は言った。「ここでずっと撮影をやっていたんですから……。部屋の中のことはよく知っています」

「遺体を発見なさった経緯を話していただけますか？」

「もう二度も話しましたよ」

「すいません。もう一度お願いします」

戸川一郎は話しはじめた。

ビデオカメラ二台を回しっぱなしにして、スタッフ全員がこの部屋から出たということだ。最後に残っていたのは、戸川一郎と、安達春輔、カメラマン、そしてディレクターの千葉光義の四人だという。その四人は、打ち上げをやっていた代官山の『タイフーン』というレストランに向かった。その席で、戸川一郎は千葉ディレクターから、朝の五時にビデオカメラのテープを回収するように指示された。戸川一郎は、指示どおりに現場にやってきて細田康夫の遺体を発見した。

それがおおざっぱな経緯だ。

菊川が質問した。

「遺体を発見したときの様子は？」

「リビングルームの明かりをつけたとき、誰かが倒れているのが見えました。寝ているのかと思いました。服装に見覚えがあったので、細田さんだと気づいたんです」

菊川は納得した様子でうなずいた。

「最後の四人がこの部屋を出たのは何時です？」

「十一時頃だったと思います」

菊川が確認した。

「夜の十一時ですね？」

「そうです」

あたりまえだと思うことでも確認を取るのが刑事の仕事だ。曖昧な記録は後々、公判で突っ込まれる恐れがある。

「よくわからないのですが……」菊川は言った。「カメラを回しっぱなしにして全員がその場を離れるというのは、よくあることなんですか？」

「滅多にありません」

「では、今回はなぜ……？」

「撮影しようとしているものが特別だからです」

「ああ……。心霊現象でしたね」

「そうです」

戸川一郎はちょっと照れくさそうな顔をした。

もしかしたら、警察官に対して心霊現象などという怪しげな話をするのが恥ずかしいのかもしれないと百合根は思った。

「最初はモニターを見ながら撮影していたんですが、それらしいものがカメラに映らなかったんです。それで、安達さんが、カメラを回しっぱなしにして全員部屋の外に出たほうがいいと言って……」

「安達さん？　安達春輔がそう言ったんですね？」

菊川が確認を取った。

こういう発言には、反射的に反応するのだろう。刑事の習性だ。

「そうです。それで、暗視カメラと通常のカメラを回しっぱなしにして僕らは打ち上げの会場に向かいました」

「撮影が終わっていないのに、打ち上げをやっていたんですか？」

「細田CDが収録は終わりだと言ったんです。タレントの水木優子と安達さんの出演の部分は撮り終えていましたから……」

「しかし、心霊現象をカメラは捉えてはいなかった……」

「そうです。だから、千葉Dが残って収録を続けると言ったんです」

「最後まで残っていた四人の一人ですね？」

「はい。千葉Dと細田CDのやり方は、ちょっと違っていました」

「……というと？」

「千葉さんは、局側の要求はあくまで、何かの心霊現象をカメラが捉えることだと考えていました。千葉さんは、ドキュメンタリー志向のディレクターです」

「亡くなった細田さんは？」

「長い間、テレビ業界にいるので、その……、何というか……、おいしいところだけをつなぎ合わせるのがうまかったんです。タレントをうまく使って、番組を作るのです」

菊川は、釈然としない顔つきをしていた。百合根は何となく理解できた。どうやらこの戸川一郎というADは、千葉というディレクター寄りの考えを持っているようだ。細田には批判的なのだ。細田のやり方は古かったと思っているのかもしれない。

菊川の質問が途絶えたので、百合根が質問した。

「千葉さんと細田さんは、対立することが多かったのですか？」

戸川一郎は、百合根を見て、ちょっと戸惑ったような様子を見せた。どうこたえていいか迷っているようだ。

「まあ……やり方はまったく違いました。でも、社内的な立場でいうと細田さんのほうが上なので、正面からぶつかったりはしませんでしたが……」

かなりひかえめに言っているな。

百合根はそう思った。

百合根の質問が呼び水になって、菊川が質問を再開した。

「今回はどうだったんです？　細田さんは、タレントを連れてさっさと引き上げて、打ち上げをやっていた。一方、千葉さんは現場に残って撮影を続けようとした。二人の間に言い争いとかはありませんでしたか？」

「いえ……」戸川一郎は一度否定しかけて、考え込んだ。それから言い直した。「ええ、まあ。ちょっとした言い合いはありました」

「なるほど……」

菊川は百合根を見た。何か質問はあるかと無言で尋ねているのだ。

「ビデオカメラのテープはどれくらい持つの？」

百合根の代わりに翠が尋ねた。

「三時間です」

青山が言った。

「それじゃあ心霊現象なんて、撮れそうにないなあ。だって、幽霊って真夜中に出るもんでしょう？　丑三《うしみ》つ時《どき》とか……。十一時にここを出たのなら、テープは二時で切れちゃうじゃやない」

「二時にテープを取り替えたはずです」

「誰が？」

「千葉Ｄです」

「へえ、そういうのって、カメラマンかＡＤの仕事かと思っていた」

「本来ならそうです。でも、昨日は千葉さんが、自分で取り替えると言って……。僕はほっとしました。だって……」戸川一郎は、言いにくそうに、小さく肩をすくめた。「一人でこの部屋に真夜中にやってくるのは、誰だって嫌でしょう」

百合根が尋ねた。

「打ち上げがお開きになったのは何時ですか？」

「僕は先に帰ったので、よく知りません。千葉Dに帰っていいと言われて……。睡眠時間を確保するのがたいへんなので、僕は喜んで帰りました」

「あなたが引き上げたのは何時頃ですか？」

「十二時半頃だったと思います」

「それからあなたはどうしました？」

「自宅に帰って寝ました。目覚ましを四時にかけて……。目覚ましが鳴るまでぐっすり眠ってましたよ」

菊川が尋ねた。

「それを証明できる人はいますか？」

戸川一郎は、うんざりした顔で言った。

「それもほかの刑事さんに訊かれました。アリバイのことを言っているんでしょう？誰もいませんよ。僕は下北沢に一人暮らしですから……」

「……で、そのテープはどこに……？」

青山が興味津々という顔で尋ねた。

「え……？」

「昨日の十一時から、一台のカメラにつき二本、計四本のテープを録画したわけだよね。それ、どこにあるの？」

「二本は、千葉Dが持っていると思いますよ。今朝回収したビデオも千葉Dに渡しました」

「ビデオテープは四本とも千葉さんが持っているわけ？」

「そういうことになりますね」

「ふうん……」

「そうか……」百合根は言った。「そのビデオテープには、細田さんの身に起きたことが記録されているかもしれない。なにせ、朝まで回りっぱなしだったんでしょう？」

戸川一郎は、ぽかんとした顔で百合根を見た。それから、かすかにかぶりを振った。

「カメラは両方とも六畳間に向けられていました。細田さんが倒れていたのはこのリビングルームですから……」

「でも」翠が言った。「音は残っているはずよね」

戸川一郎は、またぽかんとした顔で翠を見た。

「ええ……。そうですね……」

それからしばらく沈黙が続いた。

「ご協力ありがとうございました」菊川が事務的に言った。「また、何か疑問点が出てきたら、お話をうかがうかもしれませんので、そのときはよろしく……」

次に千葉光義が呼ばれた。

千葉光義は、STの面々を見ても、それほど気にした様子はなかった。思慮深い表情をした中年だ。真ん中から分けたやや長めの髪にわずかに白髪が混じっている。チェックのスポーツジャケットにジーパンという恰好だ。

「昨日の夜のことを話してもらえますか？」

菊川が尋ねた。

千葉光義にとってもこれが、最低でも三度目の質問のはずだ。だが、千葉光義は一言の苦情もなく話しはじめた。

「昨日は、細田CDが水木優子と安達春輔が出演する部分を撮り、引き上げました。それが十時半頃でした。それから、カメラのセッティングをやり直し、回しっぱなしにして最後に残った我々もここを出ました。十一時頃のことです。最後に残ったのは、私と安達春輔とカメラマン、そしてADの戸川です」

菊川はうなずいた。

「ここを出られる前に、細田さんとなにかいざこざがあったとか……」

「ええ。少々やり合いました」千葉光義はあっさりと認めた。「仕事上で、彼と衝突するのはしょっちゅうでした」

「だが、細田さんはあなたの上司でしょう？」

「私は上司だとは思っていません。彼は会社の共同経営者ですが、番組作りに関しては同等だと考えていました」

「細田さんも同じお考えでしたか？」

「彼は、常に自分がトップだと考えていました。一時期、お笑い番組などバラエティーで次々とヒットを飛ばしました。そういう立場にあった者は自然とそういう考え方になります」

「揉めた原因は？」

「彼は、バラエティー番組向きの安っぽい映像を撮っただけで、この仕事は終わりだと言いました。私は、それでは満足できませんでした」

「ここを出て四人はまっすぐに打ち上げの会場に向かったのですね？」

「そうです」

「それからどうしました？」

「打ち上げに参加しました」

「何時頃まで会場にいました？」

「二時十五分前に店を出て、ここに来ました」

「テープを替えるためですね？」

「そうです」

「それから？」

「すぐにここを出て、帰って寝ました。安達春輔は、部屋に人がいないほうがいいと言いました。だからビデオカメラを回すとすぐに部屋を出たのです」

「五時にビデオテープを回収するように、戸川さんに指示しましたね？」

「しました。私の映像です。ほかの人間の手に触れさせたくなかった」

「戸川さんは信用できたのですか？」

「彼はいつも私と組んで仕事をしていますから……」

「そのテープは今どこにあります？」

「二本は自宅にあります。二本は、この鞄の中にあります」

「それをお渡しいただけませんか？」

「それはできません」千葉光義はきっぱりと言った。「これから編集作業をしてTBNに納めなければなりません。時間がないんです。納期に遅れなどしたら、二度とうちのような弱小プロダクションに仕事が回ってこないかもしれない」

「捜査上、そのテープが必要になるかもしれません」

千葉光義は怪訝そうな顔をした。

「捜査……？　細田は、事故死だったのでしょう？」

「ええ、まあ……」菊川は言葉を濁した。「ほぼそういう見方で固まっていますが……」

「じゃあ、テープを調べる必要などないでしょう」

「テープを警察に見られたくない理由でもあるんですか？」

この質問は、千葉光義に何らかの疑いをかけているともとれる。だが、千葉光義は顔色一つ変えずに言った。

「いくつかありますね。一つは、今言った納期のこと。警察にテープを渡している暇などありません。第二に、簡単に収録したテープを警察に渡したりしたら、ギョウカイでは白い眼で見られますよ。報道の自由は守られなければならない。裁判所がテープの提出を命じたら、そのときは仕方がないでしょうが……」

令状を持ってこいということだ。

たしかにドキュメンタリーなどでは、報道する前に警察にテープを渡すというのは問題になりかねない。事実、そういう問題が起きたことが過去にある。

菊川は苦い顔をした。

戸川一郎が言ったとおり、千葉光義は報道番組志向なのだろう。小さなプロダクションのディレクターに過ぎないが、自分をジャーナリストだと思いたいらしい。百合根はそのこだわりに好感を持った。

「けっこう」菊川は皮肉な口調で言った。「令状を持ってうかがうことにならなければいいがと、私たちも思っていますよ」

千葉光義は何も言わない。ただ無表情に菊川を見返しただけだった。

菊川は質問を続けた。

「ここにやって来たときに何かに気づきませんでしたか？」

「それが……」千葉光義が初めて言いにくそうな様子を見せた。「実は、部屋で作業をしているときに、ふと人の気配を感じたような気がしたんです」

「人の気配？」

「そうです。後ろに誰かいるような……。うなじの毛が逆立つような感じ……。わかるでしょう?」

「何か物音を聞きましたか?」

「いいえ。音は聞いていません」

「それで、あなたはどうしました?」

「あたりを見回し、ほかの部屋も調べてみました。トイレや洗面所、風呂まで調べましたが、誰もいませんでした。ひどく気味が悪くなって、そうそうに退散したんです」

百合根は思わず菊川の顔を見ていた。菊川も百合根を見た。

「それって、心霊現象かな?」

青山がうれしそうな顔で尋ねた。

千葉光義は怪訝そうな顔で青山を見てからこたえた。

「否定はできませんね。私は何も見たわけじゃないが、モニターを見ながら収録しているときに、照明係が突然、光を見たと言いだしたのです。安達春輔もそれを見たと言いました」

「でも、カメラには写らなかった……」

「ビデオテープを高解像度のモニターで調べてみれば何か映っているかもしれない

と、安達春輔は言いました。私は、その出来事でカメラが何かを捉える可能性を確信しました。それで、安達春輔のアドバイスに従い、無人の部屋でビデオカメラを回しっぱなしにすることにしたんです」

「そのテープ、見てみたいな……」

千葉光義はさらに怪訝そうな顔になった。

「だから、それは……」

「彼のいうことは気にしなくていい」

菊川が言った。

青山は、菊川の言葉を無視してさらに千葉光義に尋ねた。

「安達春輔が、紙の人形を使って霊視したんでしょう？　あなた、その場にいました？」

「いいえ。しかし、話は聞きました」

「ほんとうに、人形の首が切れていたの？」

「スタッフはそう言っていました」

「そして、細田さんは首の骨を折って死んだ……。安達春輔が言ってた。これは事故じゃなくて、霊障だって……」

「そういうこともあるかもしれない」千葉光義はあくまでも冷静に言った。「番組を撮るに当たって、過去のいろいろな霊障のことを調べましたよ。同じような番組のビデオも見ました。どう見ても霊障としか考えられない事例がいくつもありました」

「たとえば……？」

「いわゆる憑依《ひょうい》ですね。ある少女が霊障にあい、わけのわからないことを口走って暴れるようになった。霊能者が何日もかけてその霊を祓うという番組がありました」

「狐憑きですな」山吹が言った。「昔から動物霊の憑依の事例はたくさん伝えられています」

千葉光義は、山吹のほうを見て何か質問したそうな顔をしていた。

山吹は先手を打って言った。

「私は科学特捜班の山吹です。別に霊障を祓いに来たわけじゃない」

千葉光義は曖昧にうなずいた。

「午前二時十五分前にあなたは、『タイフーン』という店を出られた」

くだらない議論は終わりだとばかりに、強い口調で菊川が言った。

「そのときには、細田さんはどうしていました？」

「タレントの水木優子や安達春輔、それに、ほかのスタッフと店に残っていました」

「ほかのスタッフ？」

「カメラマン、照明、それにADの上原です」

菊川は、その面々のフルネームを聞いて書き取った。

百合根は、戸川一郎のほかに現場にもうひとりADがいたことを知った。上原毅彦というのがそのADのフルネームだ。戸川一郎の話には一度も登場しなかった。

百合根は千葉光義に尋ねた。

「今回の仕事には、ADが二人付いていたのですか？」

「戸川は主に私に付き、上原は細田に付きます。今回は、タレントの収録に関しての仕事をしていました」

「なるほど……」

「ほかに何か聞きたいことがありますか？」

千葉光義は言った。「すぐに編集作業に入りたいんですが……」

「細田さんがいなくなって、たいへんでしょうね」

百合根が言うと、千葉光義は初めてかすかに笑った。

「いえ。かえってやりやすくなりましたよ」

「その編集には立ち会えませんか？」

菊川が尋ねた。

千葉光義はきっぱりと首を横に振った。

「お断りします。現場は関係者以外立ち入り禁止です」

「また、霊障が起こったとき」山吹が言った。「坊主がいると便利かもしれませんぞ」

千葉光義はその言葉に、一瞬神経質に反応した。だが、すぐにもとの冷静な態度に戻った。

「安達春輔がいても、細田を救えなかったんです」

菊川は、戸川一郎に言ったのと同じことを千葉光義に伝え、質問を終えた。千葉は、会釈をすると、さっさと部屋を出て行った。

4

「安達春輔がまだ残っていたら、話を聞きたいんだけど……」

青山が言った。

菊川がじろりと青山を睨み、尋ねた。

「何のために？」

「興味がある」

「どうせ、事件のことじゃなく心霊現象のことでも訊くんだろう」

「悪い？」

菊川は、うんざりとした顔をした。だが、青山の申し出を無視しようとはしなかった。

「まだ下にいるはずだ。呼んでこさせる」

それに、菊川は、「事件」と言った。警察官の「事件」という言葉は一般人が使う場合とは違っている。それは法的に立件された事案のことを意味する。

つまり、菊川はこの件を「事件」だと考えているのだ。

川那部検死官の側ではなく、STの側についたと考えていいのだろうか？

百合根はほんの少しだが、そう期待していた。

安達春輔は、下で所轄の刑事と話をしていたらしい。リビングルームに現れた彼は、さきほどと変わらず、のっぺりと無表情だった。顔は少しばかり青ざめて見える。

「いくつか質問させてください」

菊川が言った。

「質問したいと言ったのは僕だよ」

青山が文句を言ったが、菊川は無視して質問を始めた。

「昨日、あなたがここにいらしてからのことを詳しく話してください」

安達春輔は、淡々と話した。

細田康夫の指示に従い、タレントの水木優子とのやり取りを撮影したこと。千葉光義、戸川一郎、カメラマンとこの部屋に残り、心霊現象の撮影について話し合ったこと。それから、四人で部屋を出て『タイフーン』へ向かったこと。

戸川一郎や千葉光義の供述との矛盾点はなかった。

話を聞き終わると、菊川は言った。

「カメラを回しっぱなしにして、この部屋から全員出たほうがいいと提案したのは、あなたださうですね？」

「そうです」

「それはなぜです？」

「理由は二つあります。一つは、誰かがいると、霊がなかなか現れにくいということ。そして、第二には、霊障を恐れたからです」

「霊障を恐れた？」

「事実、照明係にある兆候が現れました。彼は、光を見たと言ったのです。そういう人が霊に取り憑かれやすい。しかし……」安達春輔の表情がかすかに歪んだ。「結局、霊障を防ぐことはできなかった……。細田さんは亡くなった……」

菊川はうなずいた。もう、安達春輔に訊くことはないという様子だ。その隙を見て、青山が言った。

「ビデオカメラを回しっぱなしにしていても、誰かが夜中にテープを替えに来なければならなかった。その人が霊障にあうとは思わなかったの？」

「だから……」安達春輔は、静かな声で言った。「私はカメラのある四畳半に結界を張っていました。四畳半で作業をする限りは、だいじょうぶだと思っていました」

「結界……」青山は、感心したように言った。「それ、どうやってやるの？」

「神道系の人は、縄を張ります。密教系の人は護符を貼る。いずれもただ張るだけではだめです。能力者が念を込めることが大切です。私の場合は、道具は必要ありません。私自身の思念を残しておきます」

「そうすると、霊が入って来られないの？」

「そうです」

「なるほどね……」青山は後ろを振り返った。細田の遺体があったあたりを見ている。「それで、細田さんはリビングルームで死んでたんだ」

菊川がやってられないという顔でそっぽを向いた。百合根は、青山に言った。

「そういうことは、細田さんの件とはあまり関係ないんじゃないですか？」

「どうしてさ、重要な証言だと思うよ。証言というのは、当事者が真実だと思っていることを話すことでしょう？　安達さんは、細田さんの死の原因が霊障だと信じているわけだから……」

安達春輔はうなずいた。

「そう考えるしかありませんね。そして……」安達はそこで言葉を切った。「そして、もしかしたら、この撮影に関わったスタッフの人に、さらに何らかの異変が起きるかもしれません」

　青山が尋ねた。

「霊の影響？」

「そうです。ここを支配している地縛霊は、ひどい怨みを抱えているようです。おそらく殺されたか、自殺した人の霊だと思います。そういう霊は、その場だけでなく、後々も悪影響を及ぼしやすい」

「祓ってあげたらどう？」

「そのつもりです」安達春輔はこたえた。「しかし、除霊には時間がかかります」

「どのくらい？」

「ケース・バイ・ケースです」安達春輔は不意に顔をしかめた。「失礼……。まだ、悪霊の影響が強いようです」

「何か感じるの？」

「私の場合、悪意を持った霊がいると偏頭痛がするのです。この部屋に入ると、必ず偏頭痛がする」

　百合根は、ぞっとした。心霊現象を信じてるわけではない。しかし、否定もしきれない。それが一般的な反応だと思う。

世の中にはおそらく幽霊を見たことのある人のほうが圧倒的に少数派だ。しかし、みんな幽霊を見たくないと思いながら暮らしている。

「たしかに……」翠が眉をひそめて言った。「この部屋に入ると妙な感じがするわね……」

百合根は驚いて翠に尋ねた。

「霊感が強いんですか？」

「そんなこと、考えたこともない。でも、たしかに、この部屋には何か感じる」

「ばかばかしい」菊川が言った。「いいかい？　俺たちの仕事にホトケさんはつきものだ。そして、その中の多くは殺されたホトケさんだ。安達さんの言い分だと、俺たちは悪意を持った霊のすぐそばで仕事をしていることになる。だが、俺は、一度も心霊現象など経験したことがない」

「霊感体質というのは、よくラジオに喩えられます」安達春輔が言った。「いくら電波が出ていても、ラジオの感度がよくないとそれをうまく捉えることができません。また、感度がいいラジオでもチューニングが合っていないと、電波を捉えることはできません」

菊川はふんと鼻を鳴らして言った。

「じゃあ、俺は感度が悪いラジオなんだ」

青山が尋ねた。

「見えるの？」

安達春輔がうなずいた。

「ひどい偏頭痛がしたあと、はっきりと映像が見えることもあります」

「今は……？」

「この部屋では、はっきりとした霊の姿をまだ見ていません。しかし、見ようと思えば見えるかもしれません」

「よくテレビなんかで霊能者が、霊が見えると言うよね」

「人によって感じ方は違うと思います。でもはっきりと霊の姿が見えるということは、私自身はあまり信じていません」

「つまり、嘘ってこと？」

「本人はそう信じているのかもしれませんが……」

突然、赤城が言った。

「頭痛薬を常用しているか？」

安達春輔は、驚いたように赤城を見た。

「いいえ。頭痛薬は飲みません。原因がはっきりしていますから」

「何なら、処方してやってもいいぞ」

「処方?」

「俺はいちおう医者だ」

安達春輔は怪訝そうな顔で赤城を見た。

「必要ありません。私の頭痛は、霊に近づいたときのサインですから……」

赤城はそれ以上何も言わなかった。

「お引き留めして申し訳ありませんでした」菊川が言った。「ご協力感謝します」

これ以上の質問は許さないというきっぱりとした口調だった。安達春輔は、部屋を出て行った。


科捜研の科学特捜班の部屋、通称ST室に引き上げると、百合根はすぐに桜庭所長に呼ばれた。所長の席のそばには、三枝俊郎管理官がいた。

桜庭は、いつものように赤ら顔で、見るからに精力的だった。一方、三枝管理官は物静かなたたずまいだ。すっきりとした細身でスーツがよく似合う。

「目黒で川那部と鉢合わせしたそうだな?」

桜庭所長が大きな目で睨むように百合根を見て言った。その眼だけで落ち着かない気分にさせられる。

「はい。お会いしました」

「それで……？」

「テレビの撮影現場で、映像プロダクションのスタッフが死亡して……」

「あらましは知っている。要点を言え。どういう扱いになった？」

「その……。川那部検死官が、事故死だと判断なさいまして……」

「事故か。所轄もそれで納得したのか？」

「まあ、そのような扱いになるかと……」

「おまえさんはどう思う？」

百合根はどうこたえていいかわからなかった。事故の可能性が大きいと思う。だが、釈然としない部分もある。

「正直に申し上げて、私には判断がつきかねます。ただ……」

桜庭所長は、またじろりと百合根を睨んだ。

「ただ、何だ？」

「STのメンバーの中には疑問を持っている者もいるようです。そして、菊川さんもどうも事故だとは考えてない様子でした」

「何か臭いのか？」

「遺体は脚立から落ちたようなのですが、後ろ向きに落ちたらしく、後頭部にこぶができていました。しかし、遺体は俯せに倒れていたのです。赤城と結城はその点に疑問を持っているようです。そして……」

百合根は、言おうかどうか迷った。

「そして、何だ？」

「はい……」

どんなにばかばかしいと思えることでも、上司に報告しておくのが原則だ。無意味かどうかは、上司が判断すればいい。百合根はその原則に従うことにした。

「収録していた番組というのが、心霊現象の特集だとかで、青山がえらく興味を引かれた様子で……。その番組に出演している霊能者が、今回の件が事故ではなく、霊障だと言ってるんです」

「霊障……？」桜庭所長は、目をぱちくりさせた。「何だそれは……」

「つまり、霊の祟りです」

「祟りだと……」

百合根は怒鳴られるかと思って身構えた。桜庭所長の赤ら顔が、さらに赤くなった。怒りのせいだと百合根は思った。だが、次の瞬間桜庭所長は大笑いを始めた。百合根はぽかんとその様子を眺めていた。

桜庭所長はひとしきり笑うと言った。

「おもしろいじゃねえか。祟りだ？　それで人が死ぬのか？」

百合根は恐る恐る言った。

「霊能者はそう言ってます」

桜庭所長がぐいと体を前に乗り出した。いっそう威圧感が増す。

「青山は何といってるんだ？」

「別に何も……。ただ、興味を引かれた様子なので……」

「菊川のやつが、事故だとは考えていないんだな？」

「はっきりと聞いたわけじゃないんですが……」

「よーし……」桜庭所長は何事か考えていた。「つまりは、川那部とは違う切り口をつかんだということだな？」

「違う切り口」百合根は慌てた。「しかし、検死官が事故死と言っているのですから……」

「所轄は目黒署だな？」

「そうです」

「わかった。ＳＴは目黒署に協力してやれ」

「目黒署は、事件にしたくない様子でしたが……」

「赤城と結城が言ってるんだろう？　疑問点があるって……」

「はい。特に赤城さんが……」

赤城は明らかに川那部と反《そ》りが合わない。川那部も特に赤城を敵視しているように見える。

「少なくとも、事故だということがはっきりするまで、捜査を続けてもらおうじゃないか」

「あの……、どうやって……」

「心配するな。打つ手はいろいろある。そうさな……。とりあえず、方面本部の管理官に働きかけてみるか……」

所轄署にとって方面本部の管理官といえば雲の上の人だ。管理官の視察があると、署員が全員立ち上がって最敬礼で出迎えるのだ。

管理官からの指導ということになれば、かなり効果があるだろう。

「捜査の結果、事故死だと判明したら……？」

「そん時は、そん時だ。ＳＴ室で待機していろ」

「はい」

百合根は、一礼して退出した。

廊下に出ると三枝管理官が追いかけてきた。

「正直なところ、どうなんだ？」三枝は穏やかな声音で言った。「君は川那部の意見をどう思う？」

「そうですね……」

三枝が相手だと落ち着いて考えることができた。百合根は、言った。「結論を出すのが早すぎたような気がします」

「どうして川那部は結論を急いだんだと思う？」

百合根は思ったことをそのまま言った。

「赤城さんがいたからじゃないかと思います」

「赤城が……？」

「川那部検死官は、赤城さんに対抗心を持っているようなのです。たしかに一見事故のように見えました。赤城さんが川那部検死官の意見に疑問を差し挟まなければ、川那部検死官もっと慎重だったかもしれません」

「赤城は何と言ったんだ？」

「事故死かどうかを決めるのは検死官の役割ではないと言いました。検死官は捜査の結論を出す立場にはないと……」

「それはそうだが、変死については検死官の見解がほぼ受け容れられる」

「赤城さんだってそれは知っているはずです。おそらく、赤城さんも事故だとは思っていないのでしょう」

「根拠は？」

「遺体のそばに脚立が立っていました。川那部検死官は、死亡した細田さんがその脚立から転落して首の骨を折ったと言いました。たしかに、遺体の後頭部にこぶがありました。後ろ向きに落ちて首の骨を折ったのかもしれません」

「ならば、事故だというのも納得できるじゃないか」

「しかし、遺体は俯せに倒れていたのです」

三枝は、考え込んだ。

「たしかに不自然だな。川那部はその点について何も言わなかったのか？」

「細田さんは、脚立から転がるように落ちたのだろうと……。たしかに、脚立と遺体の位置はまっすぐ落ちたにしては少し離れすぎていました」

「それはあり得る。今回は川那部に分があるかもしれないな。だが、桜庭所長は言いだしたらきかない人だ。おそらく、目黒署をたきつけて捜査させるだろう。STに目黒署に行ってもらわなければならない」

「はい」

「桜庭所長は、相手が川那部だと少々むきになる」

百合根は意外に思った。

「あの……。川那部検死官は、三枝管理官のライバルだと思っていましたが……」

三枝は、苦笑を浮かべた。

「たしかに、私と川那部は若い頃から何かと張り合ってきた。だが、桜庭所長とも因縁がある。STの立ち上げに最後まで反対した何人かのうちの一人が川那部だった」

「そうだったんですか？」

川那部検死官が現場でSTに冷たく当たるのもうなずける。

「そういうわけで、川那部は我々二人を敵視している。そのせいでいろいろと苦労をかけるな」

「いえ、とんでもありません」

百合根は反射的にそうこたえたが、暗澹《あんたん》たる気分になった。相手はベテランの捜査員で階級は警視。検死官の発言力は強い。

「すぐにも連絡があるだろう。ST室で待機していてくれ」

そう言うと、三枝は席に戻って行った。


STのメンバーたちはいつもと変わらぬ様子で席についていた。

警察では、たいてい係ごとに机を向き合わせ、くっつけて島を作る。そのほうが互いに情報交換をしやすい。

だが、STでは百合根の机をのぞくすべての机が壁を向いていた。百合根の机は、部屋の一番奥の窓際に、出入り口を向く形で置かれている。

出入り口の両脇には、大きなスチールのキャビネットがあり、中には書物や資料が並んでいた。

出入り口を入り、右手側の一番手前が青山の席だった。その隣は空席になっており、その隣が赤城の席だ。

出入り口から見て左手側の一番手前は、黒崎の席だ。その隣が翠の席、一番奥が山吹の席だった。

青山の机はおそろしく散らかっている。ありとあらゆる書類や書物が積み上げられており、一つとして同じ角度に置かれているものはない。その乱雑な書類が隣の席にまではみ出している。彼の隣には誰も座りたがらないので机が一つ空席になっている。

だが、不思議なことに乱雑に見える机の上にはチリ一つない。決して不潔なわけではない。

青山は秩序恐怖症なのだ。きちんと片づいた場所にいるとひどく落ち着かない気分になるという。本人の弁によると、それは潔癖性の裏返しなのだという。青山は極端な潔癖性だったらしい。

赤城は、椅子にもたれて脚を組んでいる。何かの雑誌を眺めているが、真剣に読んでいる様子はない。彼は常に自分が孤独だと思いたがっている。一人前の男は孤独でなければならないと信じているようだ。もともと彼は対人恐怖症で、そのために、そういう生き方を選ぼうとしたのかもしれない。

だが、赤城は対人恐怖症を克服したように見える。一匹狼を決め込んでいるにもかかわらず、彼の周囲には人が集まってくる。不思議な魅力があるのだ。本人だけがそれに気づいていない。

ただ、対人恐怖症の名残が極端な女性恐怖症として残っているそうだ。

黒崎は、極端に無口でその上、身動きするときもほとんど音を立てないから、ついそこにいることを忘れてしまいそうになる。彼はノートパソコンをじっと見つめていた。何をしているのか、百合根には想像もつかない。

といって、存在感がないわけではない。彼のたたずまいは武士道そのものだ。浅山《あさやま》一伝《いちでん》流などいくつかの古武道の免許皆伝だそうだ。もっとも、百合根は浅山一伝流なる古武術がどういうものか知らない。

ふらりと姿を消しては、武者修行の旅に出かけてしまう。

翠は、MDか何かをヘッドフォンで聴いている。これは、彼女の防衛措置なのだ。聴力が異常に発達している翠は、こうしてヘッドフォンで何かを聴いていないと、ありとあらゆる音が耳に飛び込んできてしまうらしい。

百合根にかかってきた電話の相手の声までが聞こえてしまうようだ。これはあまりありがたくはない。こうしてヘッドフォンをかけているのは、翠本人のためであると同時に、この部屋にいるほかのメンバーのプライバシーのためでもある。

STの管理者として赴任してきた当初、百合根は風変わりな彼らとどうつきあっていいか見当もつかなかった。そんな百合根を救ってくれたのは、山吹だった。

現職の僧侶でもある山吹は、実に柔和《にゅうわ》で人当たりがいい。STの中で唯一、社会人としての常識をわきまえていると百合根は思っている。

百合根は席に着くと、今しがた桜庭所長と交わした会話について、彼らに話そうかと思った。

だが、STの面々は誰も百合根になど関心を向けようとしないように見える。百合根は、彼らに声をかけるのを諦めようとした。

その気まずさを救ってくれたのは、やはり山吹だった。

「目黒の件について、所長に何か言われましたか？」

百合根は、山吹に向かって言った。

「目黒署に働きかけて、捜査を始めさせると言ってました」

「ほう……。すると、所長は今回の件が事故ではないと判断されたのですか？」

「いえ、そうとも言い切れないのですが……」

「では、何かほかに理由があると……？」

「川那部検死官のことがあるようです」

「川那部検死官……？」

「彼は、三枝管理官のライバルだということは知ってますよね？」

「まあ、そんな話を聞いたような気もしますが……。それが理由ですか？　つまり、三枝管理官のライバル意識が？」

「いえ、川那部検死官の事故死説に対抗しようとしているのは、三枝管理官じゃなくて桜庭所長なんです。いろいろとあるらしくて……」

川那部がST発足の強硬な反対者だったなどという話をここでするわけにはいかない。川那部に対抗意識を持っているらしい赤城などがそれを知ったら、たいへんなことになると百合根は思った。

幸いなことに、山吹はそれ以上深く質問しようとはしなかった。

「俺が解剖してもよかったんだ」

ぼそりと赤城が言った。

百合根はぎくりと赤城のほうを見た。赤城は雑誌に眼をやったままだった。百合根は言った。

「所轄に任せるべきですよ。あれでよかったんです」

「つまり……」青山が妙にうれしそうな顔で言った。「あの件の捜査が始まるということ？」

百合根はその様子を見て不安になった。青山がなぜうれしそうなのか、理由がまったくわからない。彼が仕事熱心なはずがない。

「捜査は始まるでしょうね。桜庭所長が、方面本部の管理官に働きかけると言ってましたから」

「じゃあ、祟りの線でも捜査するんだね？」

百合根は驚いた。

「それはどうでしょう。事故死でないとすれば、他殺の線を疑うということになると思いますが……」

「祟りだって他殺の一つでしょう。犯人が人間じゃなく、霊だというだけで……」

「あの……、本気で言ってるわけじゃないでしょうね？」

「あらゆる可能性を考えて捜査すべきだよ」

「それはそうですが、所轄の捜査員たちはそうは考えないでしょうね」

「捜査員が考えないから、僕たちが考えなけりゃならないんじゃない」

百合根の不安が増した。

「祟りはありますよ」

山吹が、日常茶飯事の話をするようにさらりと言った。もっとも、僧侶である彼にしてみれば事実日常茶飯事なのかもしれない。

「本当ですか？」

百合根は思わずそう尋ねていた。

「少なくとも、そういう現象はあります」

「お坊さんがそう言うと説得力がありますね」

百合根は、翠が言ったことを思い出していた。彼女は、現場の部屋に何かを感じるという意味のことを言った。

「結城さんが、何かを感じたというのは、やはり霊のせいなんでしょうか？」

「誰かがどこかで何かを感じた」

山吹はこたえた。「すると、その人は経験に照らしてそれが何であるか解釈しようとする。経験したことのない事柄だったら、今度は見聞きした知識に照らすわけです。そして、結局、霊のしわざにしてしまったりする」

山吹のこたえがやや否定的なので、百合根はほっとした気分だった。

そのとき、翠はヘッドフォンをしたまま百合根のほうを向いた。

「たしかにあまり経験したことのない感じだった。でも、まったく未経験の感じでもない。過去にたしかに同じような感じを味わったことがある。それが何だったか思い出せない」

ヘッドフォンで何かを聞きながらでも、会話が聞き取れるのだ。

「僕、安達春輔にもう一度会いたいな。話を聞きに行っていい？」

「そういうことは、所轄と打ち合わせをしたあとでないと……」

「じゃあ、早く打ち合わせしようよ」

そのとき、電話が鳴った。百合根が電話に出ると、菊川がいつもの不機嫌そうな声で言った。

「目黒署から連絡があった。例の件、捜査を始めるそうだ」

「わかりました」

「何か知ってるのか？」

「え……？」

「検死官が事故だと言やあ、所轄はたいてい納得する。本庁の警視殿に逆らってまで仕事を増やしたいと思うばかはいない。なんで目黒署は捜査を始めるんだ？」

「桜庭所長が働きかけたようです」

「ほう。検死官に対する意地か？」

「そんなところかもしれません」

「上司が意地を張ると、下の者が苦労する」

「宮仕えですから、仕方ありません」

「まあ、今回の件についちゃ、検死官が結論を焦りすぎたという印象はある」

珍しく菊川がよくしゃべる。どうやらその声音ほど機嫌は悪くないようだ。彼も事故死説には疑問を抱いていた様子だった。目黒署が捜査を始めることに不満はなさそうだった。

「捜査本部ができるのですか？」

「いや。目黒署の強行犯係の事案だ。俺たちは助っ人さ」

「菊川さんも捜査に参加するのですか？」

「あたりまえだろう。俺はＳＴと捜査一課の連絡係を仰せつかっているんだ」

当人は連絡係などとは思っていないだろう。百合根も含めたＳＴのお守りをやらされていると思っているはずだ。

「目黒署へは、いつ行けばいいんですか？」

「俺はこれからすぐに出かける」

「僕たちも行きます」

「じゃあ、向こうで会おう。現場で会った北森係長を覚えているか？」

「はい」

「彼を訪ねてくれ」

電話が切れた。

赤城が百合根に尋ねた。

「目黒署に出かけるのか？」

「はい。すぐに出たいのですが……」

「俺はいつでもいい。何だったら、俺一人が行ってもいい」

「そうはいきませんよ。全員で行きます」

「安達春輔に会いに行けるよね」

青山が百合根に言った。百合根は、さらに不安を募《つの》らせながらこたえた。

「その必要があればね……」

「必要があるから言ってるんじゃないか」

どうやら青山を止めることはできそうもない。捜査を引っかき回してくれなければいいが……。百合根はそれが気がかりだった。

「それで、捜査に当たるのは、この二人だけということか？」

菊川が案内された部屋の中で、目黒署の刑事課第一係の北森係長を前にして言った。

5

汗くさい部屋でまるで運動部の部室のようだと百合根は思った。所轄署へ来るといつもそう感じる。細長い部屋で、そこにやはり細長い机が置かれている。その周りにはパイプ椅子が並べられていた。壁には柔道着がぶら下がっていたりする。汗くさいのはそのせいだ。また部屋の隅には乱雑に毛布だの衣類だのが放り出されている。プラスチックの食器類もあった。

長いテーブルの片側にＳＴと菊川が座り、向かい側に北森係長と若い捜査員が座っていた。

「そう。所轄署というのは忙しくてね。なかなか人を割けない」

菊川は不機嫌そうに言った。

「俺と警部殿を入れて捜査員は四人か……」

北森は驚いた顔で菊川と百合根を交互に見た。

「警部殿？」

「こちらの百合根班長は、キャリアの警部だよ」

「それはそれは……」

北森は、複雑な表情をした。キャリア組は現場では歓迎されない。百合根はそれをいやというほど経験してきた。

「捜査員は四人と言ったが……」北森が言った。「そこにＳＴの面々がおられるじゃないか」

菊川が言った。

「彼らは警察官じゃない。あくまで技術吏員だ」

「だが、現場で捜査することを目的に作られた班なんだろう。正式名称は科学特捜班だっけ？　ならば捜査員と同じと考えて差し支えないんじゃないのか？」

「そういうことを言うとあとで後悔するぞ」

「なぜだ？」

「そのうち、わかる。それより、そっちの若いのを紹介してくれ」

「そうだったな。佐分利《さぶり》耕助《こうすけ》。刑事になったばかりだ。うちの一番の若手だ」

見たところ百合根とそれほど年は違わないようだ。だが、片や百合根は警部、おそらく佐分利はまだ巡査だろう。頬を紅潮させているように見えるのは、意気込みのせいだろうか。捜査経験が少ないので、どんな事態にも全力でぶつかるしかないという気迫を感じる。

もっと肩の力を抜かないともたない。気負い過ぎるとへまをすることになる。

百合根はそんなことを考えている自分に気づいて驚いた。

つい先日まで、百合根はこの佐分利とまったく同じだったはずだ。菊川に嫌味を言われ、説教を食らい、引きずり回されてここまで来た。新米刑事を見ていると、ちょっとした感慨があった。

「捜査本部のように二人ずつに分けようと思う」菊川が言った。「俺とそっちの新米さんが組もう。あんたは、警部殿と組んでくれ」

「STはどうする?」

「彼らに聞き込みは無理だ。科学捜査の方面で勝手にやってもらうしかない」

菊川がそう言うと、赤城が初めて発言した。

「いいことを聞いた。それでは勝手にやらせてもらう」

「ちょっと待ってください」百合根が言った。「それでは、STが出張ってきた意味がありません。彼らも捜査員の聞き込みに同行すべきです」

「足手まといだな」菊川が言った。「刑事の聞き込みはハードだぞ。疲れただの、眠いだのと文句を言われちゃかなわねえ」

「俺は必要だと思うことを調べる」赤城が言った。「刑事の助けはいらない」

百合根はあわてた。顔合わせの初日から捜査員たちと対立することはない。なんとか刑事たちとSTの間を取り持とうと考えていると、山吹が言った。

「刑事さんには刑事さんの仕事があり、私どもには私どもの仕事があります。まず、刑事さんたちは、地取りや鑑取りといった捜査が必要になるでしょう。一方、私たちは、現場をさらに調べ、これまでの鑑識、監察医らからの報告を綿密に調べる必要があります」

菊川も北森も黙って山吹の話を聞いている。山吹の語り口は、他人を引き込む魅力がある。あくまで穏やかで淡々としているが、相手の頭に血が上っているような場合、それを覚ますような効果がある。

さすがは修行を積んだ禅僧だと、百合根は思う。一方で、自分にこれだけの話力がないことを思い知らされ、気落ちしてしまう。

山吹の話は続いた。

「だからといって、私たちが勝手に動くことはできません。誰かを尋問する必要もあるでしょう。そのときには、刑事さんに同行してもらったほうが、ずっと効率的であるはずです。また、刑事さんが科学捜査の上で何らかの専門知識が必要になったときに、私たちが役に立つこともあるでしょう」

「つまり……」北森係長が探るような眼差しで言った。「具体的には？」

「菊川さんのおっしゃるとおり、私たちがべったりと同行しても足手まといになるだけでしょう。時に応じて、互いに必要性を感じたときに同行するというのが一番でしょう」

「まあな……」菊川が言った。「あんたらを野放しにするのも心配だからな」

「いいだろう」

北森は、まだ釈然とした顔をしていないが、話を先に進めることにしたようだ。

「じゃあ、菊川さんと佐分利が現場付近の聞き込みをやる。そちらの警部殿と俺が関係者の聞き込みに回る。それでいいね？」

菊川がうなずいた。

青山が言った。

「ねえ、安達春輔にも会いに行くでしょう？」

「安達春輔？」北森が怪訝そうに尋ねた。「あの霊能者かね？」

「そう」

「そりゃ、関係者全員から話を訊きなおさなけりゃならんだろうが……」

「そのときは、僕も連れて行ってよ」

百合根は、溜め息をつきそうになった。青山は捜査のことなど何も考えていないような気がしてきた。

「捜査は遊びじゃないんですよ」

「心外だな。遊びだなんて思ってないよ」

「俺も……」赤城が低音で言った。「安達春輔のことはちょっと気になる」

百合根は言った。

「赤城さんも、細田さんが死んだのは霊のせいだと思っているんですか？」

「俺が気になるのは、あいつの頭痛だ。頭痛がするというからには、何か生理的な理由があるはずだ」

「あたしは、あの部屋をもっと調べてみたい」翠が言った。「たしかにあの部屋はちょっと妙だわ」

山吹が言った。

「では、私と黒崎さんも現場のほうに行きましょう。翠さんは、物理的な面で調べる。私たちは、化学や薬学の方面から調べてみます」

「上がりは六時だ」北森が言った。「さあ、出かけよう」


百合根は、北森係長とともにオクトパス・プロに出かけることにした。まず、職場の人間関係を調べてみなければならない。

これまで聞いた話によると、死んだ細田康夫とディレクターの千葉光義は、仲が悪かったようだ。もし、細田康夫の死に何らかの事件性があるとしたら、彼らの不仲は動機になり得るかもしれない。

青山も赤城もオクトパス・プロには興味がないらしい。彼らは、署に残ってこれまでの鑑識報告書や検視報告書を調べると言った。

オクトパス・プロは、赤坂六丁目の古いマンションの一室にあった。乃木坂《のぎざか》通りから裏道に入った静かな一画に立つマンションだ。このあたりは、不思議な空間だと百合根は思った。都心の一等地なのだが、なぜか斜陽のにおいがする。赤坂の街の喧噪からも遠く、人の往来も少ない。

外に出るのが気持ちのいい季節になった。東京で暮らしていると季節のことなどあまり考えなくなる。どこで何の花が咲こうが生活と関係がない。特に百合根は、自分がまだ若いからそう感じるのかと思った。

季節のことより考えなければならないことがたくさんある。だが、寒暖の差は唯一百合根に季節のことを思い起こさせる。つい先日まで北風が吹いていたような気がするが、四月も半ばを過ぎて、いい気候になっていた。

マンションの四階にあるオクトパス・プロのドアを開けると、目の前がオフィスだった。机が四つ固めてあり、窓際に二つ大きめの机が並んでいる。

壁にはぎっしりとST室にあるようなスチールのキャビネットが並んでおり、テープやら資料やらが詰まっている様子だった。

デスク担当らしい丸顔の女性が応対に立ち上がった。

北森は半歩下がって百合根の出方を見ているようだった。百合根がそっと言った。

「目黒署の事案です。北森さんに任せます」

北森は、文楽の人形を思わせる大きな目をさらに大きくして百合根を見つめていた。

北森が来意を告げると、窓際に並んだ席の一つに座っていた男が立ち上がった。きちんとネクタイをしている。上着は脱いでいた。

「どうぞ、こちらへ……」

彼は衝立《ついたて》のほうを指し示した。衝立の向こうには、小さな応接セットがあった。

「代表の八巻です」

かなり頭が薄くなったその男は名刺を出した。名刺にはオクトパス・プロ、チーフ・プロデューサーという肩書きがあり、八巻克也という名前が記されていた。

北森と百合根も名刺を出した。八巻は、警察官の名刺を珍しそうに眺めた。

「へえ、手帳を見せるだけじゃないんですね」

「はい」北森がこたえた。「警察官も名刺を持ってます」

八巻は、北森と百合根にソファに座るようにすすめ、自分も腰を下ろした。

「いや、参りました……」八巻は名刺をそっと小さなテーブルの上に置くと言った。

「細田がいなくなると、こんなにたいへんだとは思いませんでした」

北森が質問した。

「細田さんは、具体的にはどんな仕事をなさっていたのですか?」

「ありとあらゆることですよ。テレビ局を回って仕事を取ってきたり、プロダクションとコネを作ってタレントを使いやすくしたり、現場にも立ち会いました。私とこの会社の共同経営者なんですけどね、経営のほうはもっぱら私がやっていました。彼はかつて、名物プロデューサーだったんですよ。いろいろなヒット番組を作りました」

「最近、細田さんに何か変わったことはありませんでしたか？」

「変わったことというと……？」

「何でもかまいません。何か思い当たることはありませんか？」

「別にありませんね。彼はいつも変わりませんでしたよ。バブルの頃よりは多少おとなしくなりましたが、相変わらずテレビ局やプロダクションの連中と飲み歩いていましたし、ゴルフもやれば女遊びもやる……」

「派手な生活だったんですか？」

「この業界は、見栄を張ることも大切なんです。誰も落ちぶれたやつとは仕事をしたがりません」

「誰かに怨まれていたというようなことは？」

八巻は、髪が薄くなった頭をなでてから言った。

「ちょっと、刑事さん。細田は事故だったんでしょう？」

「ええ、その可能性が大きいと考えています」

「じゃあ、誰に怨まれていようが関係ないでしょう」

「いちおう訊いておきませんと……」北森は苦笑してみせた。「ほかの可能性を否定していくのも仕事でして……」

「怨まれていたかもしれませんね。この業界はどこで誰の怨みを買うかわかりませんん」

「特に思い当たる人はいませんか？」

八巻は口をすぼめて目を細め、北森を見つめた。その顔つきはどう見ても好意的には見えなかった。もっとも、警察にあれこれ尋ねられることが好きな一般人はいない。

「いや」八巻はこたえた。「特別怨みを買っているという話は聞いたことがありませんね」

「そうですか。それでは、細田さんの社内の評判はいかがでした？」

北森が尋ねると八巻は笑った。

「社内って言ったって、専従のスタッフが六人いるだけです。あとは、契約で音声や照明、カメラマンといったスタッフを使っています。小さな会社なんですよ。評判もへったくれもありません」

「細田さんと対立していたような方は？」

「対立なんぞしていたら、こんな会社やってけませんよ」

「千葉さんや戸川さんからお話をうかがったところによると、なんでも千葉さんと細田さんはぶつかることが多かったらしいじゃないですか」

やはり、北森も二人からその辺の事情は聞き出していたらしい。

八巻の表情が少しだけ険しくなった。

「千葉が細田を殺したとでも言いたいんですか？」

北森は、かぶりを振った。

「そうじゃありません。私らは、人間関係を整理しておきたいんです。それだけですよ」

「たしかにね……。千葉と細田は、仕事のやり方で口論することが多かった」

「仲がよくなかったのですか？」

「……というか、千葉は仕事熱心ですからね。もちろん、細田だって千葉のことは認めていましたよ。そして、千葉も細田の営業能力には一目置いていた。私は、彼らの議論は質のいい映像を作るためには、悪いことじゃないと思っていました」

「細田さんは、仕事上のことで外部の人と何かトラブルを抱えていませんでしたか？」

八巻は、一瞬天を仰いだ。

「こんな弱小プロダクションはね、いつだって金銭的なトラブルを抱えていますよ。いつ倒産してもおかしくない。なんとか持ちこたえられたのは、ひとえに細田の顔の広さのおかげだったと言っていい。その細田がいなくなると、きつくなりますよ」

そういう会社の状況を千葉が知らないはずはない。細田がいなくなれば、千葉だって困るはずだ。百合根はそう思った。

だが、一方で、犯罪はそうした理屈から外れたところで起きることも心得ていた。人が人を殺すのは理屈ではない。計画的に人を殺すことよりも、衝動的に殺すことのほうがずっと多い。

「ほかの方にもお話をうかがいたいのですが」

北森が言うと、八巻は顔をしかめた。

「勘弁してください。今、編集の真っ最中です。TBNへの納期が迫ってるんです。何としても納期に間に合わせなければならない。千葉や戸川はほとんど寝ないで作業している。それでも間に合うかどうか微妙なんです。申し訳ないが、とても時間は割けませんね」

「ADの方がもうひとりいらっしゃいましたね」

北森は食い下がった。

「上原ですか？　上原も編集作業を手伝っています」

「最後まで行動をともにされていたのはその上原さんですね。なんとか五分だけでも話を聞けませんか」

八巻は、溜め息をついた。恩着せがましい態度で彼は言った。

「ちょっと様子を見てきます。お待ちください」

八巻は立ち上がると、部屋を出て行った。隣の部屋が編集室になっているようだ。

北森は何もいわず宙を見つめていた。百合根は、話しかけるべきかどうか考えた。だが、話しかける言葉が見つからず、結局黙っていることにした。

しばらくして、八巻が上原を伴って戻ってきた。

「五分だけですよ」

八巻が言った。北森は、うなずき、八巻に言った。

「すいませんが、席を外していただけますか」

相手を一人にするというのが、警察の尋問の重要なテクニックだ。八巻は、自分のデスクに戻っていった。

上原が、さきほどまで八巻が座っていたソファに腰を下ろした。

「何ですか、訊きたいことって？」

上原が物怖じしない態度で言った。同じＡＤでも戸川とはずいぶんタイプが違うと、百合根は思った。よく言えば世慣れているというのだろうか。ちょっと斜《しゃ》に構えた態度に見える。見た目も戸川とはずいぶんと違う。戸川は、どちらかというと地味で目立たない若者だ。だが、上原は髪を茶色に染めて、服装も派手だった。

北森が尋ねた。

「あの夜のことを順を追って話してくれませんか」

上原は話しはじめた。彼が話す彼自身と細田の行動は、ほかの人々の証言と一致していた。怪しむべき点はない。

上原が話し終わると、北森は言った。

「打ち上げの宴会は何時までやっていたんですか？」

「三時過ぎだったかな……」

「細田さんは最後までその席にいらっしゃったのですね」

「いましたよ」

「ほかに最後まで残っていた人は？」

「水木優子にそのマネージャー、そして安達春輔」

「ほかのスタッフは？」

「カメラマンと照明は先に帰りました。二時半くらいだったかな……。千葉さんがいなくなると、彼らも居づらくなったみたいで……」

「なぜです？」

「細田さんの方針に逆らって、無人の部屋にカメラを仕掛けたりしましたからね」

「三時ころ、宴会がお開きになった……。あなたはどうなさいました？」

「車を会社の車庫まで持ってきて、ここに泊まりました」

「細田さんとは店で別れたのですか？」

「そうです」

「細田さんは、そのあと一人になられたのでしょうか」

上原は、意味ありげな笑みを浮かべた。

「一人だったと思いますよ。水木優子とはもう切れてるんですよ」

百合根は、思わず上原の顔を見つめた。北森は、平然としている。だが、それがポーカーフェイスだということがわかった。

その場の空気を察したように、上原が言った。

「あれ、細田さんと水木優子のこと、知らなかったの？　俺、まずいこと言っちゃったかな……」

「まずいことじゃなく、重要な情報ですね」北森が言った。「細田さんと水木優子さんは、お付き合いをされていたということですか？」

上原が声を落とした。

「これ、俺が言ったって人にばれるとやばいんだけど……」

「あなたから聞いたということは伏せておきますよ」

「あの、本当にやばいんだ。俺ばかりじゃなく、会社の立場も……」

言葉とは裏腹に、しゃべりたくてたまらないという様子だった。

「どういうことです」

北森も声を落とした。互いに秘密を共有しているのだという雰囲気を作ろうとしているのだ。

上原が言った。

「俺が言ったということは、本当に秘密にしておいてよ」

「約束します」

「細田さんと、水木優子はたしかに付き合っていた。だけど、水木優子がほかの人と付き合いだして細田さんとは切れていたはずなんだ」

「細田さんはたしか、離婚されて今は独身でしたね？」

「そう。でも水木優子は不倫のほうを選んだ。相手はこの業界で力を持っている人だし……」

「その不倫の相手というのは……？」

上原は、戸惑ったような間を取った。もしかしたらもったいぶっているのかもしれない。

「まあ、いいか……。ちょっとした事情通なら知っていることだし……。ＴＢＮのね、板垣《いたがき》プロデューサーだよ」

百合根は、メモを取りたかった。だが、上原に警戒されるのを恐れて、なんとか記憶だけにとどめようとした。

「板垣……？」

北森が尋ねた。

「そう。板垣史郎《しろう》プロデューサー。なんと、今回の心霊特別番組をオクトパス・プロに発注した本人なんだ。細田さんが仕事を取ってきたんだけどね……」

「……ということは、その板垣さんと細田さんはお知り合いなんですか？」

「親しかったと思いますよ。もっとも、仕事上の付き合いですがね」

「板垣さんは、細田さんが水木優子と付き合っていることを知っていて、番組を発注したんですか？」

「知らないと思いますよ。細田さん、そのへん、うまくやる人でしたから……。水木優子を使ってくれって、板垣さんのほうから言ってきたようですし……」

「なるほど……」

百合根の頭の中でいろいろなことが錯綜してきた。男女の人間関係のもつれ。それは犯罪の大きな動機になり得る。

「俺、ちょっとしゃべりすぎたかもしれないな……」

北森はにこりともせずにこたえた。

「みなさんがあなたのように協力的なら、ありがたいのですがね」

6

「死亡推定時刻は、深夜から未明にかけて」赤城が言った。「もっと厳密に言うと、午前三時から五時にかけてだ」

予定どおり、全員が六時には目黒署に上がっており、例の汗くさい小部屋に集まっていた。

今日一日の成果を報告し、明日からの予定を立てる。いつもの捜査会議だが、今回は刑事よりＳＴのメンバーのほうが多いという点が通常と違っている。

「死因は、首の骨折」赤城の報告が続いた。「その他の外傷は、後頭部の血腫。これは、強く頭を打ったことを示している」

「脚立から落ちたときにできた傷でしょう？」

佐分利が言った。赤城はちらりと冷淡な視線を佐分利に投げかけた。

「それは証明されていない」

「でも、検死官はそういう見解でしたよね」

菊川が北森を見た。北森は顔をしかめて佐分利に言った。

「検死官の判断が百パーセント正しいかどうかわからない。だから、こうして捜査を始めたんじゃないか」

僕たちに気をつかったな。

百合根は思った。どうやら、佐分利は「長いものには巻かれろ」タイプなのかもしれない。検死官の権威を頼りにしている。

いっしょに聞き込みに出かけていた菊川はすでにそれに気づいているようだ。

「その事実は、関係者の証言と矛盾してねえな……」

菊川はそう言って、天井を見つめた。

「遺体が俯せだったことが、どうしても気になる」赤城は言った。「その点は、翠も指摘している」

翠はうなずいた。

「後ろ向きに落ちて頭を強打したのなら、当然死体は仰向けになっているはずだわ」

「それに」赤城が言った。「肘にも肩にも腰にも打撲の跡はない」

菊川が眉をひそめた。

「それはどういう意味だ？」

「人間は、反射的に頭を守る行動を取る。前から落ちたのなら、手をつく。後ろ向きに倒れたなら、肘をついたり、体をひねろうとして肩や腰を打つ。その痕跡がないのは不自然だ」

「それは、細田氏が泥酔していたからだ」

戸口で声がした。

北森と佐分利が即座に立ち上がった。菊川も立ち上がっていた。

戸口には川那部検死官の姿があった。百合根も立ち上がっていた。

STの連中は立たなかった。川那部はゆっくりと部屋の中に入ってくると、部屋の中の連中に向かい、立ったまま言った。

「遺体からは、かなりのアルコールが検出された。泥酔した者は極度に反射神経が鈍る。それは常識だ。それで反射行動の痕跡がない説明がつく」

川那部は、あいていた席にゆっくりと腰を下ろした。まだ北森たち刑事は立ったままだ。川那部を除いて一番階級が上なのは百合根だ。だから、みんなの疑問を代表して百合根が質問しないといけないと思った。

「検死官、どうしてここへ？」

「私が手がけた事案の捜査が始まったと聞いた。来るのが当然だろう」

川那部は明かに不機嫌そうだった。

「何を突っ立っている。会議を続けよう」

百合根が最初に座った。すると、菊川、北森、佐分利の順に腰を下ろした。北森と菊川は明かに居心地が悪そうだった。

「それで、捜査はどうなっているんだ？　まだ、死因についてぐずぐず言っているのか？」

「自分は、検死官のおっしゃることがもっともだと思っています」

佐分利が言った。北森がかすかに顔をしかめた。

「けっこう。細田氏は、脚立から勢いよく後方に転げ落ちてしまった。そして、後頭部から落ちて首の骨を骨折。さらに勢いあまって後方に転がり、俯せになった。脚立の高さは、約百五十センチ。充分にそういうことが起こりうる高さがある。さて、その問題はそれで終わりだ。ほかに何かあるかね？」

川那部は、捜査会議を仕切りはじめていた。彼は警視だ。その権限がある。

「関係者の話を聞いてきました」百合根が言った。「その報告をしたいのですが……」

「いいだろう。事故だとしても、その裏付け捜査は大切だ」

「北森さん。お願いします」

百合根は、報告をうながした。北森は落ち着かない態度で、オクトパス・プロでの話を報告した。

死んだ細田とタレントの水木優子が交際していたこと、そして、オクトパス・プロへの仕事の発注者であるTBNの板垣史郎プロデューサーが現在水木優子と不倫関係にあることに話が及ぶと、菊川が明かに興味を示した様子だった。

「けっこう」北森が報告を終えると、川那部が言った。「うちの妻に教えてやるとしよう。芸能界のスキャンダルが好きでね。ほかには？」

菊川が、現場付近の聞き込みの結果を報告した。

同じマンション内で、異変に気付いた者はいなかった。言い合いや、争う音を聞いた者もいなければ、変わった物音に気付いた者もいない。

「異変などなかった。気付いた者がいなかったのは当然だ。現場付近の聞き込みも、この件が事故であることを物語っていると思うが、どうだね？」

誰も何も言わなかった。

百合根はそっとSTのメンバーの様子をうかがった。

赤城は、すでに発言する意欲を失った様子だった。むっつりと鑑識や監察医の報告書を眺めている。黒崎はもともと発言などしない。翠もすでに興味を無くしているような態度だった。腕組みしてあらぬほうを向いている。山吹もなにやら諦めたような顔をしていた。

だが、青山だけが違った。彼はまだ捜査会議に集中している様子だ。それが、百合根には不思議でなおかつ不気味に思えた。会議などに興味を示す男ではない。

「しかし……」川那部検死官が言った。「幽霊が出るという噂のマンションに、住み続けている住民というのもなかなかのものだな。私なら、とっくに引っ越しているがな……」

菊川が言った。

「庶民にとってみれば、マンションを買うというのは一つの夢です。住民たちは、口をそろえて言いますよ。できれば引っ越したいって。事実、マンションの値が上がり続けていて、住み替えが比較的楽にできた時代には、住民は次々と引っ越していったそうですよ。しかし、昨今ではマンションの価値は落ちるばかりです。住み替えもままならなくなり、結局、我慢して住まなければならなくなってしまった。まあ、さすがに例の部屋はいろいろとあるらしくて、引っ越してきてもすぐにいなくなるということですがね……。空き家になるたびに、管理会社が住民に乞われて神主を呼んできてお祓いをするそうですが……」

「住民には気の毒だが、どうしようもないか……」

川那部がそう言うと、青山が尋ねた。

「検死官は、幽霊を信じてるんですか？」

川那部は虚を衝かれたように青山を見た。

「何をばかな……。幽霊なんぞ信じてはおらん」

「なら、どうして住民が気の毒だなんて言うわけ？」

「気味の悪い噂があるだけでいやなものだろう。家庭というのは安息の場所だ。なのに、幽霊が出るという噂がある部屋が同じマンションにある。いい気分のはずがない」

「心霊現象は全国いたるところで報告されている」青山が言った。「その事実は、どう思います？」

「幽霊の正体見たり枯れ尾花。それが真実だと、私は思う」

青山は今度は菊川に質問した。

「ほかの部屋で、心霊現象が起きるようなことはなかったの？」

菊川は驚いた。

「そんな質問はしなかった」

「どうしてさ。重要なことだと思うけど……」

菊川はうんざりした顔になった。

「俺は重要だとは気づかなかったんでね」

「明日、もう一度マンションの住民を訪ねて訊いてみてよ」

「なぜだ？」

菊川が不機嫌な顔で訊いた。

「心霊現象がどういう範囲に及んでいるのか、知っておくべきだと思うよ。あの部屋に限定されているのか、ほかの部屋でも起きるのか……」

「そんな必要はない。訊きたきゃ自分で行け」

「なら、そうする」

百合根はどうしていいかわからなかった。赤城と川那部が対立している。この上、青山と菊川が対立したら収拾がつかなくなる。

何か言わなければならないと思っていると、青山が今度は百合根に質問した。

「ねえ、安達春輔のところへはいつ行くの？」

「ええと……」

百合根は北森を見た。北森が百合根に代わってこたえた。

「明日にでも行ってみよう。出演者の二人にも話を聞いておいたほうがいい」

それから、おうかがいを立てるように川那部のほうを見た。川那部は、ふんと鼻で笑った。

「好きにするがいい。私はね、君たちの仕事をいたずらに増やしたくないんだ。私だって所轄の経験がある。どれほど忙しいか知っている。だからこそ、あの場ですべて解決してやろうと考えたんだ」

北森が目をそらして下を向いた。腹を立てているに違いない。

北森だって事故死で一件落着としたかったに決まっている。方面本部の管理官から捜査するように指示があったのだから、所轄ではどうしようもない。

「ほかには？」

川那部検死官が言った。

誰も何も言わない。

「では、捜査会議は終わりだ。帰って家族の顔でも拝ませてもらえ」

「自分は待機寮住まいです」

佐分利が笑みを浮かべて言った。北森がぎょっとした様子で佐分利を見た。

川那部は佐分利をちらりと見たが、無視して立ち上がり部屋を出て行った。佐分利は、川那部に親しみを示そうとして余計なことを言った。それが失敗に終わったことは明らかだが、佐分利は平然としていた。

川那部が出て行ったことで、捜査会議は仕切り直しという雰囲気になった。菊川が言った。

「とにかく、俺は明日も現場付近の聞き込みに回る。まあ、川那部検死官の言うとおり事故死だったとしても、それなりの仕事はしておかないとな……」

「現場の真下の部屋にも、話を聞きに行った？」

「行った」菊川がこたえた。「それがどうした？」

「真下の部屋でも物音を聞かなかったと言ったの？」

「そう言っていた」

「じゃあ、事故死じゃないよ」

「なぜだ？」

「物音に誰も気づかなかったということが、事件性を否定していると川那部検死官は言った。でも、それ、逆だよ」

「何だって？」

「検死官が言ったとおりに、細田って人が転がり落ちたんなら、そうとうにものすご

だよ」

菊川は一瞬言葉を飲んだ。

百合根も驚いていた。どうしてそんな単純なことに気づかなかったのだろう。

「論理の迷路」山吹が言った。「言葉のマジックですな。現場のそばに住む者が何も物音に気づかなかったと言えば、それは何事もなかったことを物語っている。そういうふうに論理ができあがっている。しかし、そこに落とし穴がある」

「事故は深夜に起きたんでしょう？」佐分利が言った。「真下の住民はみんなぐっすりと寝ていたのかもしれませんよ」

「僕なら飛び起きるけどな……」

青山が言った。

「世の中、そんな神経の細い人ばかりじゃないですよ」佐分利は言う。「神経が細ければ、幽霊マンションになんて住んでられないでしょうしね」

青山は、菊川に言った。

「隣の部屋の人も、物音には気づかなかったんでしょう？」

「ああ。そう言っていた」

「隣にだってすごい音が聞こえていて当然だと思うけどな……」

菊川はにわかに慎重な態度になった。

「そこの若いのが言うように、細田氏が死んだのは夜中の三時過ぎと推定されている。普通の人はぐっすりと寝込んでいる時間だ。だが、誰も気がつかないというのはたしかに不自然かもしれない。誰か物音を聞いているかもしれない。明日、さらに聞き込みを続ける」

「心霊現象のこともついでに訊いてくれる？」

青山が言うと菊川は苛立った様子で言った。

「何でそんなことを訊かなけりゃならねえんだ？」

「じゃあいいよ。僕が自分で行くから」

「俺はな、捜査をやってるんだ。おまえさんの道楽に付き合っているわけじゃねえ」

「僕だって捜査に協力しているんだよ」

たしかに、これまでの青山とは違う。どこにいても「帰ってもいい？」と言いだす青山が、今回だけは妙に入れ込んでいるような気がする。

翠が言った。

「あたしが訊いて回ってもいいわ。どうせ、明日も現場を調べるつもりだから」

菊川が翠を見た。翠がその視線に気づいて菊川のほうを向くと、菊川はぎこちなく視線をそらした。反論はしなかった。

「いいだろう」北森が言った。「STさんは独自にやると決めたんだ。そのへんのことは任せる。明日は出演者に会いに行こう」

「安達春輔に会いに行くんだね？」青山が言った。「僕もいっしょに行く」

百合根は、北森を見た。

北森はこたえた。

「どうぞ。ご自由に」

すると、赤城が言った。

「俺も行こう。俺も安達春輔にもう一度会いたい」

百合根は、北森や菊川の気持ちを配慮して赤城に言った。

「赤城さんも、青山さんみたいに、この件が祟りのせいだなんて考えているんじゃないでしょうね？」

「俺はただ医学的な見地から、彼に会いたいだけだ」

「医学的な見地？」百合根は思わず眉をひそめた。「それはどういう意味です？」

「そのまんまの意味だよ」

赤城はそれ以上なにもこたえようとしなかった。

「さて」北森が言った。「川那部検死官がせっかくああ言ってくれたんだ。家族の顔でも拝みに帰るか……」

7

眠さが限界に来ていた。

一郎は、世界が実体を失っていくような、独特の朦朧《もうろう》とした気分の中にいた。手もとの作業をしようとすると、眼の焦点が合わなくなる。眼を上げると、モニターの画面が二重に見える。千葉は、てきぱきと作業を進めていく。千葉も同じくらい寝ていないはずだ。ふと後ろを見ると、上原が居眠りをしていた。

一郎が上原を起こそうとすると、千葉が画面を見たまま言った。

「寝せておけ」

「え……？」

「起こしても、役に立たん。おまえも、少し仮眠を取っていいぞ」

「いえ、だいじょうぶです」

「やせ我慢するなよ」

「ディレクターが寝てないのに、ＡＤが寝るわけにはいきません」

千葉は相変わらず、画面を見たままだ。笑ったのが肩の動きでわかった。

「もうすぐ終わる。そうしたら、眼が腐るまで寝られる」

「はい」

「さすがに細田さんはいい仕事をするな……」

一郎はその言葉に思わずモニターを見た。

たしかに、水木優子が活き活きと映し出されている。安達春輔も実物より神秘的に見える。フレーミングといい、カットのタイミングといい、たしかに絶妙だ。だが、一郎には千葉の言葉が意外に思えた。

「千葉さんは、細田さんを買っていないのかと思っていました」

「ばかを言うな。大先輩だぞ」

「でも仕事のやり方は気に入らなかったんじゃないんですか？」

「ぶつかることは多かった。でも、あの人にいろいろ教えてもらったのも確かだ」

二人の間には、一郎が思っているよりずっと複雑な思いがあったのかもしれない。なにせ長い付き合いだ。一郎が就職するずっと前から、二人はいっしょに仕事をしていた。

「あれ……」

千葉がつぶやいた。

「どうしました?」

「おまえ、俺に渡したテープには一切手を加えてないよな」

「当然です。第一、そんな時間はありませんよ。細田さんが、その……、ああいうことになって、それを見つけてすぐに連絡したんですから。テープはそのまま千葉さんに渡しました」

「そうだよな……」

「何です?」

「最後のテープ、飛んでるんだ」

「飛んでる?」

「映っていない時間帯がある」

「まさか……」

「ここだ。見てみろ」

それは、真っ暗な画面だった。回しっぱなしにしてあった通常のカメラの画面だ。一郎にはよくわからない。ただ、暗黒の画面に見える。だが、よく見ると窓の外の街灯の薄ぼんやりした明かりのおかげで、何かの影が揺れているのがわかる。

物干し用のロープの影のようだ。最後の住人がベランダにロープを吊るし、そのまま残していったのだろう。その揺れが一瞬、不自然に途切れる。

千葉だから気づいたのだと一郎は思った。

だが、どういうことなのだろう。

誰かがいったんカメラを止めなければ起こりえないことだ。その後も映像は続いている。ということは、カメラを止めた誰かが、撮影を再開したということだ。

何のためにそんなことをしたのだろう。

そして、いったい誰が……。

一郎にはどうでもよかった。思考力をかき集めようとしても、マッチ棒の先ほども残っていないような気がする。朦朧として何かまとまったことを考えることができない。

千葉の声が聞こえてきた。

「警察は、ビデオに何か映っているかもしれないと言っていた」

「はあ……？」

「細田さんの件だ。事故にしろ何にしろ、何かが起きた。その物音なり何なりが入っているかもしれないと言っていた。入っていて当然なんだ。なにせ、カメラは回りっぱなしだったんだからな」

「ええ……」

寝不足というのはどうしようもない。千葉が何を言おうとしているのか、なかなか理解できない。

「あの……、細田さんがカメラを止めたんじゃないですか？　撮影のこと不満そうだったし……」

千葉が一郎のほうを見た。あきれた様子だった。

「誰が、撮影を再開したんだ？」

「え……？」

「いいか？　細田さんが死んだときの音が入っていない。ということは、そのときカメラが止まっていたか、その部分のテープが巻き戻され、その上に撮影されてしまったということなんだ。つまり、そのとき細田さんはもう死んでいた。細田さんが撮影を再開できるはずがない」

「ああ……」

極度の睡眠不足で頭がぼんやりとしている一郎にもようやく理解できた。

「つまり、それは……」

「事故じゃないかもしれないということだ」

千葉は暗視カメラで撮影されたテープを再生した。最後の巻だ。通常のカメラと同様に回しっぱなしにされていた。早送りにしてモニターを見つめていた千葉は言った。

「やはり映像が途切れている。飛んでいる時間がある」

一瞬、目が覚めた。

「警察に連絡しなけりゃ……」

「そうだな」千葉は、モニターに眼をやったまま言った。「だが、まず編集を終わらせることだ」

百合根は、北森とともに水木優子とそのマネージャーに会う段取りをつけた。プロダクションに来てくれという。水木優子のプロダクションは中目黒にあった。百合根は知らなかったが、中目黒というのは、芸能プロダクションがけっこう多い土地らしい。かつては赤坂・六本木といった場所に集中していた。だが、時代が代わり、新興プロダクションのいくつかがここに居を構えているという。

午前中に会おうと思ったのだが、事務所の人間は午後にしてくれと言った。タレントの多くが夜型なのだ。

青山と赤城が同行している。

水木優子の事務所は、中目黒駅から歩いて十分ほどの、山手通りに面した巨大なマンションの二部屋を使っていた。『オフィス北斗』というプロダクションだ。社長の名前が北斗《ほくと》雅也《まさや》というらしい。

百合根たち四人は応接室に案内された。ガラス張りの戸棚には、ビデオやDVDが並んでいる。所属タレントが出演した作品なのだろう。壁には新人タレントらしい女性のポスターが張ってあった。露出度の高い派手な服を着てほほえんでいる。目がちかちかしそうな配色のポスターだった。

二時の約束だったが、水木優子がマネージャーとともに現れたのは、二時半だった。

二人別々に話を聞くことにした。それが鉄則だ。水木優子が応接室で、百合根たち四人に囲まれるようにテーブルに着いた。

目深にキャップをかぶっている。テレビで見るより印象が薄く、疲れた感じに見えるのは、化粧っ気がないせいだろう。黒いTシャツの上に白い綿の大きめなシャツを羽織り、ジーパンをはいていた。

北森が尋ねた。

「あの夜のことを話してもらえますか？」

「収録を終えて、打ち上げに行きました」

受け答えは丁寧だが、どこかけだるそうで、迷惑しているのが手に取るようにわかる。寝起きなのかもしれないと百合根は思った。

「移動は、マネージャーさんの車ですか？」

「そうです。ずっとマネージャーさんといっしょでした」

「打ち上げを終了したあと、どうしました？」

「帰りました」

「マネージャーさんが送ってくれたのですか？」

「いいえ。タクシーで帰りました」

「なぜです？」

「マネージャーの自宅とは逆方向なので……」

「そういうことはよくあるんですか？」

ちょっと間があった。

キャップのつばのせいで、表情がよくわからない。

「そうでもありません。でも、あの夜は一人で帰りたい気分だったんです」

「へえ……」青山が言った。「あんな番組の収録のあとに……？」

水木優子のキャップが動いた。青山のほうを向いたのだ。

「あんな番組？」

「そう。心霊現象の特集でしょう？　一人になるの、気味悪くなかった？」

「別に……。オカルト番組なんて初めてじゃないし……。それに、かなり酔っぱらってましたからね……。とにかく一人になりたかったんです。いろいろ考えることもありましたし」

「いろいろ考えることがあった……」北森が言った。「それは、細田さんとＴＢＮの板垣プロデューサーのことですか？」

水木優子が顔を上げた。素顔がようやくはっきりと見えた。怒り出すかもしれないと百合根は思った。

だが、彼女はかすかにほほえんだ。

「いろいろとご存じのようですね。たしかにそのこともありました。はっきり言うと、この仕事は板垣プロデューサーにもらいました。そして、その撮影を担当するのが、細田さんのプロダクションだと知って、ちょっと驚きましたね」

「細田さんとはいつごろお付き合いされていたのです？」

「彼と初めて仕事をしたときですから、もう五年前になりますか……。それから二年ほど続いたかしら……」

「その後は……？」

「まあ、たまに会ったりはしていましたが……」

「細田さんは離婚なさったそうですね？」

水木優子はまたほほえんだ。そのほほえみが意味ありげでどこか神秘的にさえ感じられる。なおかつちょっと妖艶だ。

「あたしのせいかと疑っているのかもしれませんが、あたしは細田さんの離婚とは関係ありません」

「それで、現在はＴＢＮの板垣プロデューサーとお付き合いされているのですね？」

「はい」

水木優子は悪びれもせずにはっきりとこたえた。

「いつごろからです？」

「一年ほど前からです」

「板垣プロデューサーは結婚されているんですよね」

「そうです。不倫ということになりますね」

水木優子があまりにあっさりとこたえるので、百合根は拍子抜けする思いだった。

北森の質問も遠慮なかった。

「そのことで問題になったりはしませんでしたか？」

「ばれたらちょっとたいへんなことになるでしょうね」

「……というと？」

「奥さんは、TBNの重役の娘さんで、TBNの株をかなり持っておられるそうですから……」

それは離婚したくてもできないな……。

百合根は思った。不倫だって危険だ。だが、危険だからこそやりたくなるものらしい。

世の中理性だけで生きられるものではない。それくらいのことは、他人に世間知らずだ堅物だといわれる百合根も理解しているつもりだ。

「板垣さんは、細田さんとあなたがお付き合いしていたことをご存じなのですか？」

「さあ、どうでしょう……。あたしは一言も言ったことはありません。板垣もそのことに触れたことはありません。でも人の噂がどこから流れてくるかわかりませんから……」

「知っていた可能性もあるということですね？」

「あたしは知らないと言っているんです」

北森はうなずいてから、百合根のほうを見た。

百合根は、青山と赤城の様子を見た。赤城は、最初からどうでもいいという態度だ。特に女が苦手な赤城は、水木優子には関心を示さない。

青山が尋ねた。

「安達春輔が、紙人形を飛ばしたの、見たよね」

「ええ……」

水木優子は、青山のほうを見た。それからキャップのつばを少し上げた。青山の美貌に関心を引かれたのかもしれない。芸能界には美男美女があふれている。選ばれた人々の世界なのだ。だが、青山の美貌は芸能人にも引けは取らない。

「本当に、放り投げただけで、首が切れていたの？」

「たしかに床に落ちたとき、首のところに切れ目が入っていました。そして、細田さんは首の骨を折って死んだ……」

「偶然とは思えないよね」

「本当に霊障かもしれません」

青山の質問は唐突に終わった。すでに青山は関心をなくした様子だ。

百合根は言った。

「ショックだったでしょうね？」

「え……？」

水木優子は、虚を衝かれたように、キャップのつばの下から百合根を見つめた。

「お付き合いされていた細田さんが亡くなったんです」

「ショックでした」彼女はまっすぐに百合根を見て言った。「失礼とは思いますが、帽子を取らないのは目が腫れているからです。細田さんが死んだことを知ってから、泣きっぱなしだったから……。平気だと思っていたんです。お付き合いしていたのはずいぶん前のことだし……。でも、つい楽しかった昔のことを思い出して……」

みるみる彼女の目に涙が溜まった。

百合根は驚いた。

その涙がぽろりとこぼれて彼女の頬を伝った。バッグからハンカチを取り出して涙を拭き、鼻を押さえた。

「ごめんなさい。まだ、訊きたいことはあるのかしら？」

北森は、再び百合根を見た。百合根はかぶりを振った。

北森が言った。

「ご協力、感謝します。マネージャーさんを呼んでいただけますか」

マネージャーの名前は、杉田和巳《すぎたかずみ》。三十代前半の真面目そうな男だ。すっきりとした髪型で、紺色のスーツを着ている。ネクタイは、臙脂《えんじ》だった。

杉田は、水木優子が座っていた席に腰を下ろし、不安げに周囲を見回した。

北森が質問した。

「あの夜のことを話してください」

杉田の話した内容は、ほかの人々の話の内容と矛盾しなかった。ほとんど、水木優子と行動をいっしょにしていた。撮影をして、水木優子を車に乗せ、打ち上げ会場の『タイフーン』に向かった。それからは、ずっと『タイフーン』にいたという。

「水木優子さんは、打ち上げのあと、一人で帰宅されたそうですね？」

「ええ。タクシーで帰ると言いました」

「かなり酔われていたのでしょう？　心配じゃありませんでしたか？」

杉田は苦笑した。

「十代のタレントじゃないんですからね……。彼女は立派な大人ですよ。一人で飲みに出かけることだってあるし……」

「タクシーに乗られるところをご覧になりましたか？」

「いいえ……」杉田はさらに不安そうな表情になった。「僕は車を停めているところに行きましたから……。あのときは……」

記憶を呼び起こしている様子だ。

「そう、細田さんと安達さん、そして水木の三人が旧山手通りに立って、タクシーを拾ったはずです」

「なるほど……。それから、あなたは……？」

「自宅に帰って寝ました」

「水木優子さんとあなたの自宅は逆方向だったそうですね？」

「僕は千歳烏山《ちとせからすやま》に住んでいます。水木は三田《みた》のマンションに住んでます」

「TBNの板垣プロデューサーと水木優子さんのお付き合いのことですが……」

北森が言うと、杉田は飛び上がらんばかりの反応を見せた。目を丸くして言った。

「誰がそんなことを言ったのですか？」

「本人が認めましたよ」

「板垣さんですか？」

「水木さんですよ」

杉田は顔をしかめた。

「まったく……。ねえ、刑事さん。その話は他言無用でお願いしますよ」

「わかっています。捜査上の秘密は洩らしませんよ。二人のお付き合いのことをどの程度の人が知っていました？」

「私は誰にも知られたくありませんがね……。まあ、周りの人は勘づいているかもしれませんね」

「週刊誌とかには書かれてませんよね」

杉田はさらに苦い顔になった。

「もっと大きなネタでないと、マスコミも騒いでくれませんよ」

他人に知られたくないといいながら、マスコミに取り上げられないことを悔やんでいる様子だ。それが百合根には不思議だった。

「もっと大きなネタというと？」

「そうですね……。たとえば、板垣さんや奥さんのご実家を巻き込んだ御家騒動がTBNで持ち上がり、その火種が水木だったとか……。あ、いや、あくまでこれは、たとえばの話ですよ」

「板垣さんの奥さんは、TBNの重役の娘さんだそうですね」

「まあ、そのおかげもあって、板垣さんはTBNの主流派です。現場では一番の実力者ですよ。板垣さんには誰も逆らえません」

「水木さんは、細田さんともお付き合いなさっていたんですね」

「それは、もう過去のことです。今回のことで、それをほじくり出されるのは、ホント勘弁してほしいですよ」

「そういうことにならないように、我々も細心の注意をはらいますよ。……で、板垣さんは、細田さんと水木さんがお付き合いしていたことはご存じだったのでしょうか？」

「知らなかったと思いますよ。じゃなきゃ、細田さんとの仕事に、わざわざ水木を指名したりしなかったでしょう」

「逆もあるんじゃない？」

突然、青山が言った。

その場の全員が青山に注目した。

杉田が、怪訝そうな表情で青山に尋ねた。

「逆ってどういうことです？」

「知っていたから、わざと使った。二人の反応を確かめるために……」

「まさか……」

「人間の心理っておもしろいもので、けっこう自虐的な喜びを感じる人って、多いんだよ。二人がよりを戻すかもしれないと、はらはらしながら、それを楽しんでいたということもありうる」

杉田はぽかんと青山を見ていた。

北森は、何事か考え込んでいた。

しばしの沈黙。

青山が言った。

「ねえ、もう帰ろうよ」

それが、本当に引き上げるきっかけになった。

部屋を出ようとするとき、杉田がおずおずと青山に言った。

「あの……、芸能界の仕事って、興味ないですか?」

8

安達春輔のオフィスは、池袋の隣の要町《かなめちょう》にあった。東急東横線、山手線、地下鉄有楽町線と乗り継いで、そこに着いたのは、四時過ぎだった。

安達春輔は多忙らしく、三十分だけ時間を割いてくれるということだった。百合根たちは、近代的なオフィスのミーティングルームに案内された。白と黒で統一された室内だ。テーブルと椅子が黒で壁や棚が白だ。大きなモニターがあり、ビデオやDVDなどのデッキがその下の棚に収まっている。そのオフィスは、ビルの四階にあり、柔らかな春の日が差し込んでいた。

安達春輔を待っていると、百合根は思わずうとうとしそうになった。それくらいに居心地のいい部屋だった。

白い能面のような顔が現れた。先日見たときと同様に黒いハイネックのセーターに黒いスーツを着ている。

「お待たせしました」安達春輔は言った。「あまり時間が取れず、申し訳ありません」

「こちらこそ、お忙しいところ、恐縮です」

北森はそう言って、先日菊川や百合根が彼から聞いた話の内容を繰り返し、訂正するところはないかと尋ねた。

安達春輔はかぶりを振った。

「いいえ。訂正はありません」

「『タイフーン』を出られてからのことを、ちょっと詳しくうかがいたいのですが……」

「はい」

「最後に残られたのは、細田さんと水木優子さん、そして彼女のマネージャーにあなたの四人ですね」

「我々が帰る直前まで、細田さんについているADの人が残っていました」

「上原さん?」

「たしか、そんな名前でしたね。彼は、細田さんに言われて、車を会社に返すために一足先に店を出ました」

「店を出ると、四人はどうしました?」

「まず、水木さんのマネージャーが車を離れたところに停めているといって私たちと別れました。私たちは三人でタクシーの空車を待ちました。最初につかまえた空車に水木さんを乗せようとしたのですが、水木さんが私に乗るように言いました。私は乗り込みました」

「女性より先に？」

「もしかしたら、水木さんは細田さんと何か話があるのかもしれないと思ったのです」

「どうしてそう思ったのですか？」

「別に理由はありません」

安達春輔はあくまで無表情でその語り口は淡々としている。しゃんと背筋を伸ばして話す相手のほうをきちんと見る。切れ長の目は涼しげだ。青山とは別のタイプの美男子だ。

北森が質問を続けた。

「水木優子さんの個人的な人間関係について、何か特にご存じですか？」

安達春輔の表情がわずかに曇った。

「どういう意味ですか？」

「言ったとおりの意味です」

「それが、細田さんの死と関係があるとは思えませんが……」

「あるかないか、まだわからんのです」

「質問のこたえはノーです。彼女とは初対面ですし、彼女の個人的な人間関係には興味はありません」

細田と付き合っていたことは知らないということだと、百合根は理解した。

北森は手もとのノートを睨んで、しばし考え込んだ。次に何を尋ねるべきか考えているのだろう。

青山がその機会を待ちかねていたように言った。

「本当に細田さんは祟りで死んだと思ってるの？」

安達春輔は静かな眼差しで青山を見た。

「祟りというより、私たちは障《さわ》りといっています」

「サワリ？」

「霊障の障の字を書きます。障害の障です」

「細田さんは、障りで死んだわけ？」

「私はそう考えています」

「一般にはあまり受け容れられない話だよね」

「ここには、通常では説明のつかない症状の人々がやってきます。狐憑きだとか、犬神憑きだとかいわれる人々。霊障によって心身を病んでいる人。霊に取り憑かれたために、別人のようになってしまった人……」

「それを祓うの？」

安達春輔はかすかにうなずいた。

「除霊します」

「百パーセント除霊できる？」

「残念ながら、百パーセントとはいきません。一度祓っても、またすぐに取り憑かれる人が少なくありません」

「へえ、正直なんだね。霊能者とかは、どんな霊も祓ってみせるなんて言いそうだけど」

失礼な物言いだが、不思議と青山が言うと失礼に聞こえない。見た目に騙されてしまうのかもしれない。美貌は得なのだと百合根は思った。

「医者の治療だってそうでしょう。百パーセント病気を治せるわけじゃない」

安達春輔が言うと赤城がうなずいた。

「たしかにそうだな。医者も本当はヤマカンで治療しているんだ」

皮肉な口調だ。だが、赤城のことだから本気で言っているのかもしれない。

青山が尋ねた。

「あの部屋に取り憑いている霊は、女性の霊なの?」

「そうですね。三十代から四十代にかけて……。おそらく自殺したのではないかと思います」

「女性の霊なのに、細田さんが犠牲になったの?」

「霊障は、性別を選びません。男性の霊が女性に取り憑くのはよくある現象です」

「どうやって首の骨を折ったんだろう……」

「脚立から落ちたのでしょう?」

「そこが不思議なんだ」青山が本当に不思議そうな顔をした。「なんで、細田さんが脚立に昇ったのかがわからない」

その点は、百合根も疑問に思っていた。夜中にあの部屋を訪ね、脚立を使う用事などあったのだろうか。

「私には見当もつきませんね」

安達春輔は平然と言った。

「明かりも点けずに、真っ暗闇の中で脚立に昇ったんだよ。そして、転げ落ちた。これ、不自然だよね」

北森が青山のほうを見た。同じ疑問を抱えていたのだろう。

だが、青山はなぜそれを安達春輔に尋ねるのだろう。百合根には青山の意図がわからない。

「真っ暗闇……？」

安達春輔が聞き返した。

「そう」青山がこたえた。「遺体の第一発見者がはっきりと言っている。リビングルームの明かりをつけたときに遺体に気づいたって。ADの戸川さんという人だけどね……。つまり彼が明かりを点けるまで部屋の中は暗かった。明かりは消えていたんだよ。事故だとしたら、細田さんは、真っ暗闇の中で脚立に昇り、転げ落ちたことになるじゃない。死んでから、明かりを消すことはできないからね」

安達春輔は、かすかに眉間にしわを寄せた。何事か考えている様子だ。

青山がさらに言った。

「僕、いろいろ考えたんだよ。暗闇で脚立に昇らなければならない合理的な説明は何かないかって……。まったく思いつかない。細田さんはどうしてあんなことをしたんだろう」

「そういうことはしばしば起こります」

安達春輔が落ち着き払った様子で言った。

「しばしば起こる？　どういうこと？」

「霊は常識では考えられないことを人間にさせます」

「へえ……、例えば……？」

「実に温厚だった人が、突然わけもなく暴れ出したり、毎夜、冷蔵庫の中のものを食い散らかしたり……。人をわけもなく罵ったりするのは、よく見られることです。声が突然変わるのも特徴の一つですね。妙齢の女性が、突如男のような声になってわめき散らしたりします」

「わあお……」

「今言った症状は……」赤城が言った。「すべて医学的な説明がつくのだがな……」

安達春輔は、穏やかにうなずいた。

「しかし、医者が治療しても改善されないケースがほとんどです」

「精神的な障害なのか、脳そのものの障害なのか見極めるのがきわめて難しい。専門医でなければなかなか的確な治療ができないのが現状だ」

「除霊でぴたりとそうした症状がなくなることが多いのです」

赤城は、何も反論しなかった。

青山が言った。

「じゃあ、細田さんは、霊に操られて脚立に昇ったというの？」

安達春輔がうなずく。

「それしか考えられませんね。霊が憑依して理由のない行動を取ったのです」

「その結果、脚立から落ちて死んだと……」

「だから、霊障だと言ったのです」

「細田さんが、打ち上げのあとあの部屋に戻ったのも、霊のせい？」

「私はそう思います。憑依した霊があの部屋に戻りたがったのでしょう。そして、そこで悪さをした……」

「どうして細田さんが取り憑かれたんだろう……」

「理由はありません。誰でも可能性はありました。たまたま細田さんだったんです」

「今後、ほかの人にも被害が及ぶ恐れがあるって、このあいだ言ってたよね」

「おそらく、あの撮影にたずさわった人々の身に何か起きるでしょう」

「事前に祓うつもりだって言ってなかった？」

「みなさんが祓ってほしいとおっしゃれば、いつでも除霊してさしあげます」

「じゃあ、やろうよ」

安達春輔は、怪訝そうな顔で青山を見た。

「除霊をですか？」

「だって、祓ってあげなければ危ないんでしょう？」

「そうですね」

「ついでに、あの部屋も除霊しなけりゃ……」

「本当は、除霊するところまで撮影する予定だったんです」

「じゃあ、何でやらなかったの？」

安達春輔は、ふと気づいたように言った。

「そういえば、そこまで撮る必要はないと言いだしたのは、細田さんでした。TBNの番組はそこまでの映像を要求していないということでした。ひょっとしたら、霊がそう言わせたのかもしれません」

「除霊されないために……？」

「成仏することに抵抗する霊は多い。成仏することが幸せなのだと気づいていないのです。この世に未練や怨みを強く残すと、そういうことになります」

「今回の霊もそうだというわけ？」

「そうだと思います」

北森が徐々にいらだちを募らせるのがわかった。百合根は、北森がなにか言いだす前に青山を止めなければならないと思った。

「青山さん。霊の話よりも訊かなければならないことがあるんですよ」

青山は百合根に言った。

「訊きたいことがあれば、訊けば？」

百合根は言葉に詰まった。そう言われて、安達春輔に尋ねたいことは思いつかない。すでに、細田が死んだ当夜のことは尋ねているし、彼は細田と親しかったわけでもない。この番組に起用されて出会ったに過ぎない。それはすでに確認済みだった。

つまり、もう安達春輔に対して訊くことはないのだ。

百合根も北森も何も言わないので、青山が安達春輔に言った。

「……で、除霊はいつやります？」

「そういうことは、私に言われましても……。私は乞われて除霊する立場ですから……」

「わかった。じゃあ、僕がスタッフの人たちに話をする」

百合根は心底驚いた。

青山が自分から何かの段取りをすると言いだすのを初めて聞いた。

安達春輔は鷹揚にうなずいた。

「そういうことでしたら、いつでもお受けしましょう」

「ところで……」青山はさらに言った。「安達さん、最近、何人かの有名人と論争を続けているらしいですね」

安達春輔は、ごくかすかに苦笑を浮かべた。

「心霊現象にアレルギー反応を起こす人は、いつの時代にもいるのですよ」

「相手は、ある有名大学の物理学教授や、文化人気取りのタレントですよね。何度か、テレビで罵倒されていたじゃないですか」

「ああいう番組は、両者を煽《あお》りますからね。熱くなる人も出てくる」

百合根は初耳だった。

青山は以前から安達春輔に興味を持っていたのだろうか。それとも、たまたまその番組を過去に見ただけなのだろうか。

「大学教授は、あなたのことをペテン師呼ばわりしていました。腹が立ったでしょうね」

「たしかに腹は立ちました。しかし、あんな連中を相手にしていても始まりません」

「たしかにあの教授はばかだよね。なんでもプラズマのせいにすれば問題が解決すると思っている。火の玉の正体はプラズマだから、世の中の心霊現象やＵＦＯ、ミステリーサークルなんかを全部プラズマのせいにしている。ああいうプラズマばかが学者の代表だと思われると、科学者はたまったもんじゃない」

「相手がどういう立場で何を言おうと、私は気にしません。私は心霊現象をこの眼で何度も見ていますし、実際に除霊をしてきました。それが事実です。彼らには事実を見る眼がない」

安達春輔の口調がわずかに熱を帯びた。これまで、まったく感情を見せなかった彼が、かすかにではあるが、興奮した様子を見せた。

百合根は興味を覚えた。

青山は、安達の感情を揺さぶろうとしているのかもしれない。青山は心理学者だ。彼と心理戦をやって勝ち目はない。

そこで、百合根は、はっとした。

つい、いらいらしたり、はらはらさせられたりするのは、いつしか青山の思うつぼにはまっているということなのかもしれない。

「何度か、テレビで彼らに言いたいように言われ、傷ついたんじゃない？」

青山は言った。

「別に傷つきはしません」

「でも、安達さんのような仕事はイメージが大切でしょう。ペテン師呼ばわりされたら、仕事に差し支えるんじゃないかな？」

安達春輔はかすかに嘲るような笑みを浮かべた。

「私が興奮して反論したりすると、向こうはかえって増長します。はなっから否定してかかり、都合のいい科学的根拠という言葉を振りかざすだけです。だから、黙っているに限ります」

「ま、賢明ですよね。でも、僕ならどこかで鬱憤《うっぷん》を晴らしたくなるな……。安達さん、人間ができているんですね」

安達は時計を見た。

「失礼。そろそろ時間なので……」

北森が百合根に言った。

「班長。何か質問、ありますか？」

「いいえ」

「では……」

安達春輔が席を立とうとした。そのとき、赤城が言った。

「頭痛は、頻繁にあるのか？」

安達春輔は、眉をひそめて赤城を見た。

「ええ。偏頭痛持ちでしてね。それが仕事に役立っています」

「霊が近くにいると、頭痛がすると言っていたな？」

「はい」

「検査を受けたほうがいいな」

「もし、頭痛がなくなったら、仕事ができなくなるかもしれない」

そう言うと安達春輔は立ち上がり、一礼すると部屋を出て行った。

青山が北森に言った。

「班長って呼び方、なんかカッコ悪いよ。僕たちはキャップって呼んでるんだよ」

「それで、あの質問で、何かわかったのか？」

帰り道、ずっと不機嫌そうに無言だった北森が、目黒署の汗くさい小部屋に戻ったとたんに、青山に向かって言った。

百合根はまるで自分が責められているような気がした。青山はまったく平気な顔をしている。

「あの人は、けっこう追いつめられている」

青山がこたえると、北森は怪訝そうな顔をした。

「何だって？」

「精神的にかなり疲れているってことさ」

「どうしてそんなことがわかる」

「仮面をつけていた」

「仮面……？」

「あの無表情さは、生まれつきじゃない。営業用でもない。揺れ動く感情を、他人に知られまいとしているんだ。ちょっと感情をくすぐってやると、一瞬、素顔がのぞいたよ」

「俺にはわからなかったがな……」

「心霊現象の話にうんざりしていて、そっぽを向いていたんでしょう」

「ちゃんと話は聞いていたよ」

「でも観察はしていなかった。刑事なら彼の変化に気づいたはずだよ。北森さん、集中していなかったんだよ」

百合根が言った。

「追いつめられているって……、大学教授たちに、非難されている件でしょうか？」

「そうかもしれない。彼、もともと自尊心が強いタイプだから、公衆の面前で罵倒されたりしたら、とても冷静ではいられないはずなんだ」

「自尊心が強い？」北森が尋ねた。「なぜ、そんなことがわかる？」

「自尊心が強くなければ、仮面などつけない。そして、いつも同じ恰好をしている。あれは彼の衣装なんだ。自分をちゃんと演出している。他人が自分をどう見るかをいつも気にしている証拠だ。自尊心が強い人は、基本的に目立ちたがり屋だ。そうでなければ、心霊現象や除霊のテレビ番組に頻繁に出演したりはしない。そして、彼は客である僕たちを残して、部屋を出た。王侯貴族のように、自分が先に退出したんだ」

北森は一瞬、ぽかんと青山の顔を見ていた。それから、説明を求めるように百合根を見た。

百合根は言った。

「青山は、STの文書担当。つまり心理分析などの担当で、プロファイリングの専門家です。手口から犯人像を言い当てることができるんです。会った人の性格を言い当てることなど、彼にとっては簡単なことなんです」

北森は信じられない表情で、もう一度青山を見た。

百合根は北森の気持ちがよくわかった。青山の見かけからは彼の実力は想像もできない。いや、実のところ、百合根ですらいまだに時々信じられなくなる。

「いや、しかし、まあ……」

北森は毒気を抜かれた表情になり、言った。

「たしかに、何で細田氏が脚立に昇ったのかという指摘は、的を射ていた。しかも、あんたの言ったとおり、間違いなくADの戸川一郎が明かりをつけて初めて遺体に気づいたと言っていた。つまり、細田氏は真っ暗闇の中で脚立に昇ったということになる」

「事故ならばね」

北森は、唸った。

「問題はそこだな……」

「一つの解答は、安達春輔が出してくれた」青山が言った。「霊のしわざ」

「そんな報告書作ったら、検事にどやされるぞ」

「でも、可能性の一つではある。僕たちはまだ、その説を否定できるだけの論拠を持ってない」

赤城がうなずいた。

「それが科学的な態度というやつだな。どこかの大学教授とは違って……」

「あの……」百合根は、ひかえめに発言した。「もう一つ可能性があります。もし、これが事故でないとして、そして自殺でもなく、ましてや霊の仕業でもないとしたら……」

「殺人《コロシ》だ」

北森は平然と言った。すでにその方向で考えているという口調だ。

百合根はうなずいた。

「スタッフ、出演者すべてに犯行が可能だったということになります。関係者の発言を総合すると、打ち上げの最中にいなくなったのは、ADの戸川一郎、照明スタッフにカメラマン、ディレクターの千葉光義。お開き直前に車を会社に戻すためにADの上原毅彦がいなくなり、最後に四人が残った。そして、最初に駐車していた車のもとに去って行ったのが、マネージャーの杉田和巳、そして、その次にタクシーに乗ったのが、安達春輔。二人残った水木優子と細田康夫のうち、細田康夫が死んだ……」

「わかってる」北森が言った。「誰もが、一人になるチャンスがあった」

百合根は言った。

「そして、水木優子は、細田康夫とかつて付き合っていた。今は番組のプロデューサーであるTBNの板垣史郎と付き合っている。交際上のトラブルの可能性もあります。そして千葉光義は、いつも細田康夫と衝突していた。仕事上のトラブルがあったかもしれません」

「安達春輔も容疑者の一人ということになるね」

青山が言った。

百合根は考えながらこたえた。

「動機がありません。安達春輔は、細田康夫とは番組で初めていっしょになったんです」

北森が言った。

「そう。いわゆる鑑が薄いってやつだ」

「別に相手が細田さんでなくてもよかったのかもしれない」

青山が言った。

「それは……」百合根は言った。「安達春輔が言っていたことですね。霊障を受けるのは何も細田さんじゃなくてもよかった。誰でもよかったと……」

「犯罪者は、しばしばぽろりと本音をしゃべってしまう。無意識のうちにね……」

「安達春輔が、細田康夫を殺して、霊の仕業にしていると……？」

青山は溜め息をついた。

「誰もが容疑者になりうるって、キャップが言うから、僕も言ってみただけだよ」

百合根は、ちょっと落胆した。

「ただ……。安達春輔にも動機がないわけじゃない。この番組で霊障で人が死んだとなれば、また安達春輔に注目が集まる。そこで、除霊でもやってのければ、また人気が高まるかもしれない」

「そんなことのために、人を殺しますか？」

「霊障の話だよ。人の一人くらい死ななければインパクトはないよ」

百合根は思わず北森の顔を見ていた。北森が今の青山の言葉をどう考えているか気になったのだ。鼻で笑い飛ばすかもしれないと思っていた。だが、北森は思案顔で青山を見つめていた。

「安達春輔は自尊心が強い……」

北森が独り言のような調子でつぶやき、それから青山に尋ねた。

「そして、彼はマスコミの世界で学者やら文化人やらに罵倒されて、面目をつぶされている。それは、彼にとって耐え難いことかもしれない。あんた、そう言いたいんだな？」

青山はうなずいた。

「そう」

「彼は、霊能者を職業にしている。神主や坊さんじゃない。つまり、ほかに収入があるわけじゃないということだ」

「除霊だけで食べているわけじゃないと思うけどね……。おそらく、カウンセリングやコンサルタントみたいなことをやっていると思うよ。企業の経営者や政治家なんかが、占い師や霊能者に多額の費用を払って何かを見てもらうらしいよ」

「俺もそういう話は聞いたことがある」北森が言う。「いずれにしろ、評判がものを言う世界だ。マスコミでペテン師呼ばわりされたら信用に関わる。つまり、商売にも関わるということだ」

「ま、そういうことだね」

「しかも、彼の性格からすると、テレビで笑い者にされたり、罵倒されたりしたことは耐え難い……」

「安達春輔の場合、そっちのほうが問題だろうね。彼は悔しくて夜も眠れなかったと思うよ」

「彼は追いつめられていると言っていたな？」

「うん」

「切実に追いつめられているのか？」

「そう思う」

「名誉を回復するためなら、無茶なことでもやってのけると考えていいのか？」

「可能性は否定できないね」

北森はまた考え込んだ。

百合根はちょっと意外な気分で二人のやり取りを聞いていた。話が嚙み合っている。北森は、今回の一件が殺人である可能性を強く感じていた。青山の発言は、安達春輔の犯行の可能性を示唆しているようにも取れた。

つまり、二人は安達春輔の動機について話し合っていたのだ。

百合根はどう判断していいかわからなかった。今の段階では殺人かどうかも確定していない。しかし、殺人である可能性は徐々に色濃くなっていくような気がする。

赤城や翠が事故死として片づけることに難色を示していたのは、やはり正しかったのだ。

「安達春輔からは眼が離せない」

突然、赤城の声がして百合根は驚いた。

「それは、安達春輔の容疑が濃いということですか？」

「容疑？」赤城は百合根を見た。「そんなことは、刑事の考えることだ。俺は医者として言っているだけだ」

「どういう意味です？」

「今はまだはっきりしたことは言えない。だが、彼は危険だ」

赤城が何を言おうとしているのか、詳しく尋ねようとしているところに、川那部検死官が現れた。

赤城が表情を閉ざした。百合根はそれ以上赤城に尋ねるのを諦めなければならなかった。赤城は何もしゃべろうとしないだろう。

「どうだ？　そろそろ諦めがついたか？」

北森が百合根を見た。警視に対して口をきけるのは警部だけだと言わんばかりの顔だ。仕方なく百合根は言った。

「現場の状況、関係者の供述などを詳しく調べた結果、どうも事故死以外の可能性も出てきたようなのですが……」

我ながら、ずいぶんと控えめな言い方だと思った。

「事故死でない可能性など、私は百も承知だ」

川那部検死官は、まったく動じない様子で言った。

「それらを考慮に入れた上で、私は結論を下した。私の決定を覆すだけの論拠があるというのか？」

百合根はこれまで知り得た事実を、必死の思いで説明した。うまく説明しようと思うと、よけいにしどろもどろになってくる。

川那部検死官は、じっと睨むような目つきで百合根を見据えている。その眼差しも百合根を緊張させる。

百合根は、現場のマンションの住人が、物音に気づいていないことの不自然さや、遺体が発見されたときに、部屋の明かりが消えていたことの不自然さを強調して話した。さらに、細田と水木優子の関係さらには、番組のプロデューサーであるＴＢＮの板垣史郎と水木優子の関係を強調した。動機を臭わせようとしたのだ。

だが、話を聞き終わると川那部検死官はきっぱりと言った。

「私の眼が節穴だと言いたいのか？」

「いいえ。私は検死官に事実を知っていただきたいのです」

「事実は、現場で見た」

「捜査を進めると、新たな事実がいろいろと明らかになってきたのです」

「取るに足らない事実だ」

「そうとは思えません」

「じゃあ、君が言う事実とやらをかき集めて報告書を作ってみろ。それで検事が納得するかどうか試してみるんだな」

百合根は言葉に詰まった。たしかに、今の段階では検事は納得しないだろう。

「まだ、捜査は始まったばかりですから……」

「時間の無駄だ。私は経験をもとに判断を下した」

「ですから……」百合根は、腹が立ってきた。「検死官の判断を前提として捜査を進めているのです。その上で数々の疑問が生じてきたわけですから、もう一度ご検討いただけないかと申し上げているのです」

「疑問だと?」

川那部は、きわめて不愉快そうに百合根を睨みつけた。

「君たちは単なる事故を、ああだこうだとつつき回して事を面倒にしているだけだ。私を説得するには、もっとはっきりとした証拠が必要だ」

「ならば、一つ実験をさせていただきたいわ」

戸口で翠の声がした。いつの間にか、戸口に翠が立っていた。その後ろには黒崎と山吹、さらに菊川と佐分利が立っていた。

「実験だと？」

川那部は言った。「何の実験だ？」

翠たちが部屋に入ってきた。菊川は、苦々しげなしかめ面だ。

川那部の質問に翠がこたえた。

「彼が実際に脚立から転げ落ちて、どういう体勢になるかやってみたいと言っています」

翠は黒崎を指差した。

「何だと……？」

「遺体には明らかに後頭部を打った跡がありました。そして、首の骨が折れていた。これは後ろから衝撃が加わったことを物語っています。なのに、遺体は俯せで発見された。どうしたらそういう状態になるのか、実際にやってみようというわけです」

川那部は、黒崎の巨体にちらりと眼をやってから言った。

「それは何の冗談だ？」

「冗談ではありません。現場検証の一環と考えていただければいいと思います」

川那部は、しばらく考えてから言った。

「君たちの遊びに付き合えと言うのか？」

翠は、笑みを浮かべた。彼女は、今日も胸の大きく空いたセーターにミニスカートという姿だ。その服装とほほえみが何らかの効果をもたらしたのかもしれない。川那部検死官は言った。

「ふん。いいだろう。気の済むようにやればいい。それで、その実験とやらは、いつやるんだ？」

「よろしければ、今夜。死亡推定時刻に……」

「ならば……」川那部検死官はもったいぶった調子で言った。「弁当でも持って、みんなで出かけようじゃないか」

9

編集作業が終わったときには、昼なのか夜なのかわからない状態だった。ふらふらになって編集室を出た戸川一郎は、時計を見てもそれが何時を指しているのかなかなか理解できないありさまだった。

時計の針が五時二十分を指しており、それが夕刻であることを彼の脳が理解したのは、編集室を出てたっぷり一分もかかってからだった。

「すぐにTBNに届けます」

一郎は、あとから編集室を出てきた千葉光義に言った。

千葉は一郎の顔を見てからかぶりを振った。

「おまえは、少し寝ろ。上原に届けさせる」

「でも……」

この仕事は、千葉と自分のものだという思いがあった。

「おまえはとても外に出かけられる状態じゃない。編集にまるまる付き合ってくれたんだ。よくやってくれた。上原のほうがさぼっていた分だけ元気だ。あとは上原に任せろ」

たしかに、上原のほうが自分よりはるかに元気そうだと、一郎は思った。千葉が、TBNへ行ってくれと言うと、上原は二つ返事で引き受けた。

彼は、テレビ局に出入りするのが好きなのだ。局の玄関で入館証、いわゆる「通行手形」をかざすことに優越感を覚え、業界の人間たちと親しげに話をすることに喜びを感じるらしい。

上原がビデオテープを持って出かけると、一郎は千葉から、帰宅して寝ろと言われた。今すぐオフィスの床で寝ろと言われても眠れそうだった。だが、何かひどく気になることがあって、一郎はその場を動けずにいた。

頭がうまく回らず、自分が何を気に懸けているのかすらわからずにいた。ようやく一郎は思い出した。

「あの……」一郎は、オフィスにいるほかの人間に聞かれないように小声で千葉に話しかけた。「警察に通報する件ですけど……」

千葉はうなずいた。

「ああ。あの件は俺に任せろ。誰にも言うな」

その言い方が妙に心にひっかかった。一郎は、編集を終えたら千葉がすぐに警察に知らせるものと思っていた。だが、ディレクターに命じられたら、はいと言うしかない。

「わかりました」

一郎がそうこたえると、千葉は自宅に帰ると言ってオフィスを出て行った。編集作業を終えた人間にはどんな時刻であれ帰宅する権利が認められている。

とりあえず、一郎は帰宅することにした。どうせ、何かを考えようとしても今の状態だと無理だ。デスクの白川美智子に言った。

「自宅待機するよ」

帰宅することがちょっと後ろめたいときに使う便利な言葉だ。白川美智子は、すべてを心得たという態度でうなずいた。

一郎は下北沢の自宅に向かった。

帰宅するとすぐにベッドに倒れ込み、そのまま朝まで眠った。重苦しい眠りだった。崖から落ちるようにたちまち寝入ったのだが、そのくせ、寝ているのか起きているのかわからない状態がしばらく続いた。

夜中に何度も目を覚ましては、またすぐに眠りに落ちた。だが、朝目覚めたときには、信じられないくらいに気分がよくなっていた。

半日眠り続けていた。

まだ、出社には間がある。一郎は久しぶりにシャワーを浴びた。その効果も絶大だった。たちまち頭がすっきりとして、何でもできそうな活力がわいてきた。タオルで頭をごしごしとこすりながら、バスルームを出ると、冷蔵庫を開けて牛乳を紙パックから直接飲んだ。冷たい牛乳が嘘のようにうまい。

一つの仕事を終えたという充実感がようやく訪れた。

だが、そのいい気分も長くは続かなかった。細田の死があらためて心に重くのしかかってきた。

通夜も告別式も、編集作業の合間の出来事だった。とても細田の死について考える暇はなかったし、慢性的な睡眠不足で自分が何を考えているのかすらわからない状態だった。頭脳が正常な働きを回復すると、細田に関する記憶がじわじわとわき上がってきた。好きな上司ではなかった。だが、すべて嫌な記憶なわけではない。

不思議なことに、笑顔の細田だけを思い出す。

神妙な気分のまま、一郎は出社した。千葉は出社していなかった。今日は休みを取ったとデスクの美智子が言った。当然、千葉にはその権利がある。一郎は思ったが、一方で急に例のビデオテープのことが気になりはじめた。

編集室には、まだ撮影したテープが残っているはずだ。一郎は編集室にやってきた。たしかに、撮影したテープのカセットは編集室のデスクに積み上げられていた。すべてのテープに番号がふられている。

一郎は気づいた。

最後のカセットがない。

暗視カメラで撮影されたものも、通常のカメラで撮影されたものも、最後の一巻が見当たらなかった。

画像の一部が飛んでいるテープだ。それは、細田が死んだ瞬間、回っていたはずのテープだった。

千葉が持って出たのだろうか……。

やはり、警察に届けるつもりかもしれない。そうとしか考えられない。千葉は「あの件は俺に任せろ」と言った。プロダクションの他のスタッフによけいな面倒をかけたくないと考えたのだろう。千葉らしい配慮にも思える。

だが、一郎はどこかすっきりしないものを感じていた。千葉は、テープのことを、誰にも言うなと一郎に命じた。千葉がすべてを引き受けるにしても、そのことを他人に隠しておく必要があるだろうか。少なくとも、社長の八巻には話しておくべきではないかと思う。

千葉が何を考えているのか、一郎は理解できなかった。

僕なんかが考えることじゃない。

一郎は、そう思おうとした。だが、どうしても気になる。一つの仕事が明けて、今日は暇だ。ぼうっとしていると、ついよけいなことを考えてしまう。

テープはどこに消えたのだろう。千葉が持っていったのだろう。やはり、警察に届けたのだろうか。もし、そうでないとしたら……。

そして、千葉はなぜテープのことを誰にも知らせようとしないのか。

一郎の胸に疑念がわき上がった。

千葉はテープを隠そうとしているのではないだろうか。

それはなぜだろう。

あのテープは明かに「飛んで」いた。ある時間が欠落しているのだ。その欠落した時間に何があったかは明かだ。細田が死んだのだ。

ビデオカメラは一度止められた。そして、撮影が再開されている。テープには明かにその痕跡が残っていた。撮影を再開したのは、細田でないことは明かだ。そのとき、細田は死んでいたはずだ。その点は千葉に指摘された。あの空白の時間は、ある一つの出来事を物語っているように思える。細田が殺されたという事実だ。

つまり、ビデオテープにはその証拠となるようなものが収録されていたに違いない。映像とは限らない。何かの音が入っていたのかもしれない。犯人がその部分を巻き戻し、その上から新たな画像を撮影して証拠を消し去ったのだ。警察は細田が事故で死んだと考えている。だが、あのテープは、殺人を示唆している。

そのテープを千葉が持ち去った。そして、千葉はテープのことを、一郎に口止めした。

一郎は、その理由について考えた。何か千葉に考えがあるのか。

だが、もっとも説得力のある一つのこたえは、千葉が犯人だということだ。

最後にビデオカメラに触れたのは千葉だった。テープ交換は本来ならばカメラマンの仕事だ。あのときのように、カメラを据え置きにして回しっぱなしにするような場合は、ＡＤがやらされることもある。だが、千葉はあえて自分が交換すると言った。

カメラマンも疲れていたし、一郎も疲れていた。千葉の心遣いがありがたいと思ったのは事実だ。千葉は、もともとカメラマン上がりだ。演出を手がける前には、カメラマンの経験がある。だから、あのときは一郎も不自然には思わなかった。

だが、今考えると、何か不自然な気がしてきた。

千葉がテープを交換してすぐに自宅に引き上げたと誰もが思っているが、千葉本人以外はそれが事実かどうか知らない。もし、細田が部屋に戻ってくることを、何かの理由で知っていたら、部屋で待ち伏せていることも可能なのだ。今では誰もが携帯電話を持っているので、部屋から電話をかけて呼び出すことも可能だ。電話に着信の履歴が残るが、細田を殺したあとにそれを消し去ることは可能だろう。

たしかに千葉と細田は仲が悪かった。千葉は、細田にいろいろと教わったと言っていたが、それは昔のことだ。一郎の眼には、細田が千葉の仕事の邪魔をしているとしか思えなかった。

それが細田を殺す理由になるだろうか。

一郎はあわててそれまでの考えを打ち消した。

何をばかな……。

千葉が細田を殺すなんて、そんなことがあるはずがないじゃないか。

細田は、たしかにちょっと古いタイプのテレビマンだが、オクトパス・プロにとってはなくてはならない人だった。細田が大半の仕事を取ってきたのだ。今、会社は火の車だ。細田がいなくなると会社はますます厳しくなるはずだ。千葉がそれを知らないはずはない。

「何だって？」

八巻社長の大きな声が聞こえて、一郎は、はっと顔を上げた。

社長の机の前に上原が立っていた。

上原が何かへまをやって社長に説教を食らっているのかと思った。だが、どうも様子が変だ。どうやら、社長は上機嫌の様子だ。

上原が言った。

「あれ、俺、ちょっと出過ぎたことやっちゃいましたかね？」

「出過ぎただなんてとんでもない。出過ぎ、じゃなくて、出来過ぎだよ。おまえ、本当にその仕事取ってきたのか？」

「ええ。TBNの板垣Pのところにテープを届けに行ったついでに、ちょっと話をして……。何でも急な仕事らしくって……」

何の話をしているのだろう。

「たまげたなあ。板垣は、よくおまえなんかと話をしてくれたなあ……」

「細田さんの話になりましてね……。俺の手柄じゃありません。細田さんがくれた仕事ですよ」

「そうかもしれん。しかし、千葉は心霊現象の仕事を終えたばかりで、すぐ仕事にかかれというのも酷だな……。かといって、細田はもういないし……」

「社長」上原があらたまった調子で言った。「この仕事、俺にやらせてもらえませんか?」

「おまえに……?」

「そうです。俺はずっと細田さんについてADをやってきました。そろそろ仕事を任されてもいい頃じゃないかと思うんすけど……」

一郎は驚いた。

どうやら、上原が板垣プロデューサーから仕事をもらってきて、そのディレクターをやらせてくれと言っているらしい。一郎は、そっと八巻社長の反応をうかがった。

上原は、一郎よりたった一年先輩なだけだ。ディレクターとして仕事を任されるとなれば、大抜擢だ。

八巻社長は、考え込んだ末に言った。

「よし。いいだろう。やってみろ。細田がいなくなって、手が足りない。おまえがディレクターとして育ってくれればそれに越したことはない」

一郎はまた驚いた。上原がディレクターになるということは、一郎は上原にこき使われることになる。

なんだかうちひしがれた気分になった。少なくとも、勤務態度は上原より自分のほうが上だと思っていた。一所懸命仕事をやってきたのだ。それなのに、上原のほうがさっさと出世してしまった。彼は生まれつき運に恵まれているのかもしれない。

テープを届けに行って、たまたま板垣プロデューサーと細田の話になった。それで、仕事を発注されたというのだ。こんなについていることはない。

もし、テープを届けに行ったのが僕だったらどうなっただろう。

一郎は思った。

僕が仕事を取ってきて、僕がディレクターを任されることになっただろうか……。

どうやらそれはなさそうだった。ＡＤの中で次にディレクターを任されるのはやはり先輩の上原だったはずだ。いずれは、上原がディレクターに昇格する。だが、一郎はそれがずっと先のことだと思っていた。

10

百合根は、正直に言って深夜にその部屋を訪れるのはできれば避けたかった。心霊現象が起きるといわれているし、少なくとも百合根はそこで人が死んだことを知っている。

その死は、霊の障りが原因だと霊能者が言っていた。信じているわけではないが、気味が悪いのはたしかだ。なんだかいつもより山吹が頼もしく感じられる。

川那部検死官は、深夜のせいもあっていつもよりずっと機嫌が悪そうだった。菊川も苦虫を百匹ほど嚙みつぶしたような顔をしている。

北森は、大きな目を赤くしている。寝不足のせいだろう。

佐分利は、川那部のそばに立っている。何かと世話を焼きたがっているような様子だ。

赤城は腕組みをして戸口近くにいる。どうやら、また一匹狼を決め込んでいるようだ。

青山は、なんだかぼんやりとしているように見える。眠いのかもしれない。

黒崎は、無言で脚立を見つめている。

翠が言った。

「じゃあ、さっそく始めましょうか」

川那部検死官がちょっと驚いた様子で言った。

「始めるって……、彼は何の準備もしていないじゃないか」

川那部検死官は、黒崎を指差していた。翠がこたえた。

「準備はできています」

「ヘルメットとかの安全具を装着していない」

翠は肩をすくめた。

「あたしもそう言ったんですけど、彼には必要ないんだそうです」

「必要ない？　ばかな……。人が一人首の骨を折って死んでいる。それの真似をやろうと言うのだろう？」

「もちろん、そのまま再現するわけじゃありません。脚立から転がり落ちてみると言ってるんです。首は自分で守るそうです」

「そんな危険なことは認められん」

黒崎はかまわず脚立に足をかけた。

まず一段目。

「離れていてください」

翠が言った。

川那部は、舌打ちしてから壁際まで下がった。

黒崎はそこから後ろ向きに倒れていった。刑事たちが息を呑むのがわかった。百合根も驚いていた。

黒崎は、後頭部から床に落ちたように見えた。激しい音がした。部屋が揺れるほどの震動だ。見ると、黒崎は、両手の指をしっかりと組んで後頭部に当て、前腕で頭部を守っていた。

黒崎は仰向けに倒れている。

翠が言った。

「まず、この高さからだと転がって俯せになることはありえません」

「わかっている」川那部が言った。「何度も言うが、私は『転げ落ちた』と言ったんだ。もっと高くなければそういう状態にはならない」

脚立は四段ある。そして、五段目が頂上だ。黒崎は、三段目まで昇って、そこからまた後ろ向きに倒れていった。

またしてもすさまじい音と震動が部屋に響いた。

刑事たちは、顔色をなくしている。三段目といっても一メートルほどの高さがある。そこから後ろ向きに落ちるのだ。

黒崎はやはり、両手両腕でしっかりと頭部を守っていた。それでも体中に相当の衝撃があるはずだった。

黒崎は仰向けに倒れていた。

川那部検死官が言った。

「おい、彼はだいじょうぶか？」

そのとき、むくりと黒崎が起きあがった。そして、彼はまた脚立を昇りはじめた。今度は、最上段に立った。百五十センチ以上の高さだ。そこから、無造作に後ろ向きに落ちていった。

百合根は声もなくその恐ろしい試みを見つめていた。

今度は腰から落ちた。両手でフローリングの床を強く叩き、衝撃を減らしているのがわかった。それにしても、百五十センチの高さから後ろ向きに落ちるというのは、どれほどの恐怖だろう。古武道で鍛えに鍛えた黒崎にしかできない芸当だと百合根は仰天していた。

今度も黒崎は仰向けに倒れていた。

しばらく誰も口をきかず、黒崎を見つめていた。

黒崎は平然と起きあがった。

「ご覧になりました？」翠が川那部に言った。「てっぺんから後ろ向きに落ちても、俯せにはならないんです」

川那部は、さすがに声も出ない様子だ。黒崎を驚愕の眼差しで見つめるだけだ。

さらに翠が言った。

「細田さんが、暗闇の中で脚立のてっぺんまで昇る理由が、状況からまったく読みとれません。つまり、どう考えても転がり落ちるなどという状況はあり得ないのです」

川那部はようやく我に返った様子だ。

「いや、あり得ないことじゃない。たとえば、ズボンの裾を脚立に引っかけてだな……」

「それでも、この高さでは転がり落ちるという形にはならないんです。黒崎はできるだけ検死官のおっしゃる形に合わせて後ろ向きに倒れました。それでもご覧になったような結果なのです。法医学担当の赤城によると、そもそも事故で真後ろに倒れるということ自体が考えにくいそうです。人間は防御反応で体を捻るのが普通なのです」

「では、そうしたのではないのか。それなら俯せに倒れていてもおかしくはない」

「遺体の後頭部に打撲の跡があったのをお忘れですか？」

「こんなお遊びには意味はない。どんなことでも起こり得る」

百合根は腹が立ってきた。反論しなければならない。そう思った。

「失礼ですが、検死官殿……」そのとき、菊川が言った。「私は、今の実験は充分に有効だったと思いますがね……」

さらに、北森が言った。

「そう。私も納得できます。この高さからでは、後ろ向きに落ちても転がって俯せになるのは無理ですね」

黒崎は、体を張って不合理を証明した。へたをすれば生死に関わる行為だった。それが刑事たちの心を動かしたのかもしれない。

百合根は菊川と北森の援護がうれしかった。

「何を言っている」川那部検死官は言った。「君たちは、事実から眼をそらされているんだ。単純な出来事だ。人が脚立に昇り、後頭部から落ちて首の骨を折った。それだけのことじゃないか」

「単純じゃないんだ」

赤城が言った。みんなが赤城に注目した。

川那部も赤城を見据えている。赤城は、ジャケットの内ポケットから書類を取り出し、川那部に向けて差し出した。

「解剖の所見だ。遺体の頸椎の三番と四番の右横突起側が圧迫骨折しており、さらに四番が脱臼している。これが何を意味するかくらいはわかるだろう」

川那部は眉をひそめ、こたえた。

「頸部に捻りが加わっている……」

「そういうことだ。後頭部から落ちただけなら、こんな骨折はしない」

川那部は言葉を失い、赤城を見ていた。

「部屋の外に、お客さんのようね」翠が言った。「少なくとも三人はいるわ」

百合根は耳を澄ました。

しばらくして、部屋の外で人の話し声が聞こえてきた。翠が言うとおり、数人の人間が部屋の外にいる様子だ。翠の耳は彼らがまだ遠くでささやき合っている時点で、彼らの声を捉えたのだ。

北森が目配せすると、佐分利がリビングルームを出て、玄関のドアを開けた。

「どうしました？」

佐分利の不審げな声が聞こえてきた。続いて別の男の声。

「どうもこうもないよ。警察？　私は下の部屋の者だがね。ものすごい音で飛び起きたよ。何やってんだよ、こんな夜中に……」

さらに、中年女性らしい声が聞こえてきた。

「あたしは隣の者ですけどね。家中の者がびっくりしてるんですよ……」

それからくどくどと苦情が続いた。

翠が川那部に言った。

「これが、この実験の第二の目的です」

「何だって？」

「もし、細田氏が脚立から落ちて死んだのなら、隣や下の部屋の住人が物音を聞いていないはずはない」

川那部は、奥歯を嚙みしめてから言った。

「じゃあ、いったいどういうことだと言うんだ」

我慢できずに、百合根は言った。

「決まってるじゃないですか。殺人ですよ」

川那部は百合根を見つめ。それから眼をそらした。百合根は追い打ちをかけるように言った。

「今後は、殺人として捜査をします。いいですね？」

川那部は、百合根と眼を合わさぬまま、腹立たしげに言った。

「そうするしかあるまい……」

青山があくびをしてから言った。

「ねえ、僕、もう帰っていい？」

「殺人の捜査となると、この態勢では対処できない」

黒崎の体を張った実験の翌日、朝一番に目黒署にやってきた川那部が言った。

「捜査本部《ちょうば》を立てる必要がある」

その言い分はもっともだと、百合根は思った。殺人事件は捜査本部を作って対処する。それが百合根の常識となっている。

「必要ないよ」

青山が言った。

その発言に百合根は驚いた。

「必要ない？」川那部検死官は、青山に尋ねた。「なぜだ？」

「ここの警察署と僕たちで充分に対処できるからさ」

川那部は、青山をしばらく見つめていた。やがて彼は言った。

「警察も昨今、経費の節減にうるさい。捜査本部を設置するとなると、少なからぬ費用がかかる。いいだろう。現在の態勢で捜査可能だというのなら、お手並み拝見だ。ただし、一週間でケリをつけてもらう」

「一週間……」

菊川が唸るように言った。

「そうだ。早期解決が原則だ。啖呵《たんか》を切ったからには、それだけの自信があるのだろう」

川那部は、今朝になってかなり態度を軟化させたように感じられた。事故説が否定されたことで、多少弱気になったのかと、百合根は思っていた。だが、青山が捜査本部設置に異を唱えたことで、またむくむくとＳＴに対する対抗心がわき上がってきたようだ。

「いいよ」青山は言った。「一週間だね」

「もし、一週間で片づかなかったら、この事案は本庁の捜査一課第二班が引き継ぐ」

第二班は、継続捜査を扱うことで知られている。つまり、事案を目黒署から取り上げるということだ。ここまで捜査してきて、署の実績にならないとなると、北森は納得しないだろう。北森は、文楽の人形を思わせる顔をかすかに歪めている。この成り行きに満足していないのは明かだ。

「さて……」青山が言った。「そうと決まれば、ぐずぐずしている暇はないんじゃない」

百合根はうなずいた。

「聞き込みに出かけましょう」

「ひとつ、頼みがある」

赤城が北森に言った。

「何だね？」

北森は、思案顔のまま言った。

「鑑識係の手が借りたい」

「鑑識……？　初動捜査のときにすでに現場はすっかり洗ったよ」

「報告は読んだ。昨日の実験を踏まえて新たに探したいものがある」

「何だね？」

「見つけたら報告する」

北森は、どうでもいいという態度でうなずいた。

「いいよ。手配しよう」

赤城は、百合根に言った。

「そういうわけで、俺は今日は現場のほうに行く」

「わかりました。僕たちは、まずTBNへ行きましょう。板垣プロデューサーに会う必要がある」

「俺は続けて、目撃情報を当たるよ」菊川が言った。「殺人《コロシ》となりゃ、聞き込みのやり方も変わってくる」

佐分利が突然言った。

「検死官の指示を仰ぐべきじゃないですか？　殺人の捜査となればなおさらです」

この若者は点数を稼ぎたくて仕方がないらしい。強い派閥に付こうとするサラリーマンのような考えでいるのかもしれない。警察は、露骨な階級社会だ。それは利口な生き方かもしれない。

だが、百合根は、すでに悟っていた。

警察には、階級より厳しいものがある。それは現場主義だ。現場で通用しない者は、どんなに上司にごまをすっても警察では相手にされない。

佐分利もいつかはそれに気づくだろう。それに期待するしかない。

「おまえがそうしたきゃ、そうしな」

北森が冷ややかに言った。佐分利は驚いた様子で北森を見た。

「俺たちは俺たちのやり方でやる」

北森は、立ち上がり出入り口に向かった。


TBNはかつては乃木坂《のぎざか》にあったが、臨海地区の発展にともない、港区港南に移転した。テレビ局はこぞって臨海地区に移転しており、さながらこの一帯はテレビ局銀座といったありさまだ。

ビルは巨大で真新しい。正面から見ると、ブルーのガラスの固まりのように見える。外も中もぴかぴかだった。床材は大理石を模したものだが、もしかしたら本物の大理石かもしれない。玄関は高級ホテルのロビーのようで、青山はいかにも居心地が悪そうだった。

しかし、制作のフロアに一歩足を踏み入れたとたんに、青山は活き活きとしはじめた。建物は新しく近代的だが、そこに並ぶ机の上は乱雑この上なかった。しかも机と机の間には段ボールや番組で使ったらしい小物、わけのわからないマスコット人形などがまったく無秩序に積み上げられている。

板垣史郎の机は、その制作フロアの一角に、窓を背にする形で置かれていた。

「細田さんの件ですか？」

北森が来意を告げると、板垣は言った。

「事故だったんでしょう？　何を調べているんです？」

板垣史郎は、実にテレビ局のプロデューサーらしい風体をしていた。ダブルのピンストライプのスーツを見事に着こなしている。スーツの色はダークグレー。シャツの色は濃いブルーで、ネクタイは臙脂だった。配色がしゃれている。髪に白いものが混じっているが、それがまたおしゃれな感じすらした。それに比べて、自分たちはひどくくたびれた恰好をしている。百合根は密かにそう思っていた。

「事故でない可能性が出てまいりまして……」北森がこたえた。「それで、細田さんとおつき合いのあった方々にこうしてお話をうかがって歩いているわけです」

「事故でない可能性……？」

板垣史郎は片方の眉をつり上げた。まるでハリウッドの役者のような表情だと百合根は思った。

「どこか、静かなところでお話をうかがえませんか？」

百合根たちは、板垣の机の前で突っ立っていた。

「そんな必要があるのかね？　型通りの質問なんだろう？」

「それで済めばいいのですが……」

板垣史郎は、眉をひそめて北森を見た。それから百合根を見て、青山を見た。青山は板垣のほうを見てはいなかった。制作フロアの中を興味深げに見回している。

「こちらにも予定があるんだがね……」

板垣史郎は、いかにも迷惑そうな顔をして言った。だが、北森はまったく意に介さない様子だ。百合根はつい気後れしそうになるのだが、警察官が尋問相手の都合を考えていたら仕事にならない。

「しょうがない……」

彼は、近くにいた女性に声をかけて、どこかあいている部屋を押さえろと言った。

案内されたのは、小さな会議室だった。大きなモニターがあり、いかにもテレビ局の会議室らしい。楕円形のテーブルを囲んで席に着くと、板垣は言った。

「さて、何が知りたいんだ？」

北森は尋ねた。

「細田さんとは、いつごろからのお知り合いですか？」

「そうねえ……」

　板垣は椅子を後ろにひいて脚を組んだ。

「僕が番組のディレクターをやっているころからだから、かれこれ十五年ほどになるかな……。そのころ、彼は大手のプロダクションで制作をやっていて、次々とヒットを飛ばしていた。一度組んで仕事をしたいと、こちらから接触したんだよ」

　会議室に入ってから、また青山の落ち着きがなくなった。室内の整然とした雰囲気が気に入らないようだ。

　北森の質問が続いた。

「最近も親しくされていたのですか？」

「親しかった」

「どの程度の頻度でお会いになってました？」

「われわれの業界ではね、親しくても定期的に会うというわけにはいかない。一年まったく会わない時期もあれば、毎日のように顔を合わす時期もある」

「細田さんのプロダクションに番組を発注なさいましたね？」

「珍しいことじゃない。彼らとはけっこう仕事をしている」

「細田さんに怨みを抱いているような人物に心当たりはありませんか？」

「怨み……？」板垣は、何か冗談を聞いたような顔をした。「まるで、殺人の捜査だな？」

「ええ。そうです」北森は平然とこたえた。「われわれは殺人の捜査をしています」

板垣は組んでいた足を解き、椅子をテーブルに寄せた。両手を組んでテーブルの上に乗せると、彼は北森を見つめて言った。

「つまり、細田は殺されたということか？」

「われわれはそう考えています」

「報道を呼んでいいか？　まだ、よそは知らないはずだ」

「記者がきたところで、私は何も話すつもりはありませんよ。それより、質問にこたえていただきたい」

「スクープのチャンスをみすみす見逃すわけにはいかない。報道の連中にあとで何を言われるかわからない」

「細田さんに怨みを抱いていた人物に心当たりはありませんか？」

北森が質問を繰り返したので、板垣はしらけた表情になってこたえた。

「この業界だからね。細田をねたんでいたやつはたくさんいるだろう。だが、怨んでいたとなると、心当たりはないな……」

「今回の番組ですが……」

『怪！　心霊マンション　未知の悪霊対霊能者』」

「は……？」

「番組のタイトルだ」

「出演者をお決めになったのは、どなたですか？」

「会議で決めた」

「安達春輔と水木優子……。このお二人の出演が決まった経緯をお教え願えますか？」

「もともと、この企画は安達春輔に除霊をさせようというところから始まった。安達春輔なしでは番組はできなかった」

「水木優子はどうです？」

「どうだったかな……。会議の成り行きはよく覚えていない。彼女は使い勝手のいいタレントだから、無難な線で落ち着いたんだと思う」

「あなたが、彼女に決めたという人もいるんですがね……」

「誰がそんなことを言った？」

「申し訳ありません。質問しているのは、こちらなんです」

「そんな事実はない」

「会議に参加されていたスタッフの方にうかがえばわかることなんです。本当のことを教えてください」

「質問の意図がわからんな。水木のことが、細田の死と何の関係があるんだ？」

「あなたが、水木優子とごく親しい間柄だという話を聞いたことがあります」

板垣が苦い顔をした。

「そんなのはくだらん噂だ」

「そうですか。これもよそで確認を取ればはっきりすることです」

板垣は、不機嫌な顔つきになった。

「君らは芸能人のスキャンダルを嗅ぎ回っているのか？　そんなものに興味があるとはあきれたもんだ」

「殺人事件に関わりがなければ、興味はありませんよ」

「いいか。はっきり言っておく。私と水木優子が深い関係だなどという事実はない。たしかにそんな噂があるかもしれん。だが、事実ではない」

「わかりました」北森は言った。「もう一つだけ、水木優子について質問させてください」

「何だ？」

「細田さんと水木優子の関係です。二人が以前お付き合いしていたことを、あなたはご存じでしたか？」

「知っていた」

板垣はあっさりと認めた。百合根は少しばかり驚いた。

北森が訊いた。

「それを知っていて、今度の仕事に水木優子を使ったのですか？」

「そんなことは関係ない。タレントが誰と付き合っていようと、知ったことではない。それに、さっきも言ったが、水木優子の起用は会議で決まったことだ。僕がごり押ししたわけじゃない」

板垣は、不愉快そうに言った。

「それを局のほかの方に確認させていただくことになりますが……」

「好きにすればいい」

板垣は時計を見た。何か予定があるのかもしれない。あるいは、こんな話は時間の無駄だと言いたいのだろうか。

「その人、嘘言ってないよ」

青山が言った。

百合根は思わず青山のほうを見ていた。北森も青山のほうを向いていた。

「その人の話には嘘をついている人特有の、論理の殻がない。つまり、一言で要約できる。水木優子のことなど知ったことではないってことだよ」

板垣は青山を見て言った。

「どうやら、一人は物わかりがいい人がいるようだな」

「ねえ。もう帰ろうよ。オクトパス・プロに行って、お祓いの段取りをしなくちゃ……」

板垣が興味を引かれた様子で青山に尋ねた。

「何だ、そのお祓いというのは」

「安達春輔がね、オクトパス・プロの人たちをお祓いしなくちゃならないって言うんだ。細田さんも、霊の障りで死んだんだそうだよ。お祓いをしなければ、撮影に関わったスタッフに悪い影響が出るって……」

「ほう。その様子を撮影させてもらえないかな」

「もう、番組の収録は終わったんでしょう?」

「スタジオ収録がまだ残っている。追加で使うこともできる。第二弾を考えているしな。いい数字が取れれば、の話だが。第二弾となれば、さらに突っ込んだ内容にしなけりゃならない」

「安達春輔に訊いてみれば？」

「そうしよう」

どうやら、板垣は本気のようだった。

北森は、むっつりとして言った。

「お忙しいところをおじゃましました。ご協力を感謝します」


「嘘は言ってないだって？」局の玄関を出ると、北森は青山に言った。「どうしてそんなことがわかるんだ？」

「さっきも言ったでしょう。嘘というのは、突っ込まれると、また嘘を重ねなければならない。つまり、いつのまにか真実の外側に論理の殻ができてしまって、論旨が明確でなくなってしまう。言っていることを一言で要約できなくなるんだ」

「なんとなく言っていることはわかるが……」

「まあ、それも質問者が優秀でなければならないけどね」

「それは、俺が優秀だったってことか？」

「そいつは、うれしい話だな」

北森は、本気でうれしそうな顔をした。ますます顔が人形のように見えた。

「人間嘘発見器のコンビがいれば、もっとはっきりするんだけどね」

「何だ、それは……」

「ああ、黒崎と結城のコンビです」百合根が説明した。「黒崎は、嗅覚がものすごく鋭い。そして、結城はとんでもない聴覚を持っているのです。人間は嘘をつくと緊張します。緊張すると、アドレナリンなどを分泌し、発汗するため体臭が変化するのだそうです。そして、鼓動も変化する。黒崎はその微妙な体臭の変化を嗅ぎ分け、結城は鼓動の変化を聞き取ることができるのです」

「まさか……」

「僕も最初はそう思いましたよ。でも本当のことなんです」

「STってのは、ただの科学者じゃなかったんだな。昨日のあの実験といい……」

「ええ。ただの科学者じゃありません」

いろいろな意味でね。

百合根は溜め息をつきたい気分になった。


「まあね」

11

千葉が出勤してきて、一郎はなんだかほっとしていた。

千葉が問題のテープを持ったまま、姿をくらましてしまうのではないかという思いがあった。だが、それは杞憂《きゆう》だった。

八巻が千葉を呼んで、上原に一つ仕事を任せることになったと告げた。

千葉はうなずいて言った。

「細田さんがいなくなったのだから、やむを得ないでしょう」

「それとなく助けてやってくれ」

「わかりました」

そんな会話が交わされたのは、昼近くなってからだった。一郎は、上原の仕事の準備に取りかからなければならなかった。

千葉がビデオテープを警察に届けたかどうかが気になった。千葉はそのことについては何も言わない。社長にも報告した様子はない。

千葉に尋ねてみようか。だが、それはあまりに出過ぎた行為に思えた。千葉は、

「俺に任せろ」と言ったのだ。

警察の連中がオフィスにやってきたのは、そんなことを考えているときだった。

彼らのことは覚えていた。現場で話を訊かれた刑事たちだ。おそろしく美形な若いやつもいっしょだった。その美形が八巻社長に何か話をしている。

「除霊だって？」

八巻社長の大きな声が聞こえてきた。

一郎は、何事かと彼らの話に聞き耳を立てた。

「そう」美形が言った。「安達春輔がね、細田さんが死んだのは霊のせいだって言ってるんだ。そして、撮影に関わったスタッフ全員にも悪い影響が及ぶ恐れがあるんだそうだよ」

一郎は、八巻社長の顔を見た。八巻社長は嫌な顔をしている。

「そういうの、信じてるわけじゃないが、霊能者に言われると、あまりいい気持ちはしないな……」

「この際、撮影に関わった人全員、除霊してもらったほうがいいと思うけど……」

「しかし、なんだかばかばかしいな……」

「ＴＢＮの板垣さんがね、その様子を撮影できないかって言ってた」

「板垣Pが？」

「そう。安達春輔モノの第二弾を考えているんだって。今度は、もっと突っ込んだ内容にしたいって言ってた。つまり、本格的に除霊するところを映像に収めたいんだと思うよ。撮影スタッフの一人が死んで番組はかなり話題になると思うよ」

細田さんが死んだことで番組が話題になる。そんなことは、考えたこともなかった。いや、考えたくもなかった。

一郎はそう思った。

あの美形は、見かけと口調につい騙されてしまうが、かなり辛辣《しんらつ》なことを平然と言ってのけるやつのようだ。

だが、八巻社長は気にした様子はなかった。社長は別のことに関心があるようだ。

「そうなれば話は別だ。カメラを回すとなればな。それはれっきとした仕事だ」

「場所は、あの現場がいいと思うよ」

美形が言った。「部屋についた地縛霊も祓わなきゃならないって、安達春輔が言っていたから……」

社長はうなずいた。

「いいだろう。さっそく打ち合わせをしよう。安達春輔には、こちらから連絡しておく」

「日時が決まったら教えてほしいんだけど……」

「なぜだ？　警察が除霊に何の興味があるんだ？」

「安達春輔に興味があってね」

社長は、きょとんとした顔をしている。社長がそんな表情をするのはきわめて珍しい。すっかり、美形のペースにはまっている。

「あ、言い忘れたけど……」

美形が言った。「細田さん、事故死じゃないよ。たぶん、殺人だ」

社長は、何を言われたかわからない様子で美形を見つめていた。

目の大きい中年の刑事が補足するように言った。

「はい。われわれは、その方向で捜査を始めました」

社長は、ようやく相手の言葉を理解したように言った。

「殺人……」

一郎も驚いていた。

警察は事故ではないことを知っていた。では、やはり千葉が警察に知らせたのだろうか。一郎は確かめたくなった。

警察の一行がオフィスを出て行った。一郎はしばし迷った末に、そっとオフィスを出た。刑事たちは、エレベーターを待っていた。

「あの……」

一郎が声をかけると、三人がほぼ同時に振り返った。

目の大きい中年刑事が言った。

「あなた、オクトパス・プロのADさん……。たしか、戸川一郎さんでしたね」

「はい。ちょっと確かめたいことがあって……」

「何ですか？」

「あの……、細田さんが殺されたというのは本当ですか？」

「その可能性が強いと見て捜査しています」

「それは、その……」

一郎は、何をどう尋ねるべきか迷っていた。刑事たちは黙って一郎を見つめている。一郎は思い切って尋ねた。

「千葉さんがビデオテープのことを知らせたのですか？」

「ビデオテープ？」目の大きい中年刑事が怪訝そうな顔をした。それから、油断のない表情になり、言った。「何か映っていたんですか？」

やはり、警察は知らなかったのか……。

一郎は、後悔した。千葉を裏切ったような気がしたのだ。しかし、今さら警察相手に白を切ることはできない。

「最後の一巻に、飛んでいるところがあるんです」

刑事はますます怪訝そうな顔をした。

「それはどういうことですか？」

「あのとき、通常のカメラと暗視カメラの二台を回しっぱなしにしていました。でも、どちらのビデオにも映像が連続していないところがあるんです。つまり、飛んでいるんです」

「それは、何を意味しているんです？」

「誰かが両方のカメラをいったん止めて、それからまた回したということです」

刑事は、厳しい表情になった。

「現場で私たちは、千葉さんにビデオテープを調べさせてもらえないかと申し入れました。だが、千葉さんは編集作業が差し迫っていると言って、それを拒否なさいました」

一郎は、その事実を知らなかった。

やはり、千葉には何かの考えがあるのかもしれない。

だが、別の考えも成り立つ。その時点で、千葉は、ビデオテープが「飛んで」いることを知っていたのではないだろうか。警察にそのテープが渡れば、何者かがカメラを止めたか、テープを巻き戻したことがわかる。つまり、細田が殺されたということが警察にわかってしまうということだ。

もしそうなら、それが物語っていることは明らかだ。

犯人は千葉だということになる。

一郎は、今になってうろたえはじめた。

刑事が言った。

「そのビデオテープは今どこにあります？」

「それが……。見当たらないんです。千葉さんが持っているのかもしれません」

「どうやら、もう一度オフィスにおじゃまして、千葉さんにお話をうかがわなければならないようですね」

12

百合根は、意外な成り行きに混乱していた。千葉は最初からビデオテープを警察に渡すことを拒んでいた。

そのテープは、映像が一部飛んでいるという。理由は明らかだ。犯行時の音が収録されないようにカメラを止めたか、あるいは、犯行時の音が入っている部分を巻き戻して、その上から再度撮影を開始したということだ。

それをやる必要があった人物は一人だけ。つまり、細田を殺した犯人だけだ。

編集室で話を聞くことになった。いつものように質問をするのは北森だ。

千葉は編集用の椅子に座り、百合根たちにパイプ椅子をすすめた。腰を下ろすと、北森は言った。

「映像が途切れているビデオテープがあるそうですね」

千葉は落ち着いていた。

「あります」

「それは、犯行時間に回していたビデオテープですね？」

「そうです」

「事件の翌日、われわれは、ビデオテープを見せてもらえないかとあなたにお願いしました。だが、あなたはそれを拒否された。ビデオテープの映像が途切れていることを知っていたからではないのですか？」

千葉はかぶりを振った。

「そうじゃありません。理由はあのとき言いました。編集の納期が迫っていたこと。そして報道の自由を守ることです。それに、あのとき警察は、細田が事故で死んだと言っていたじゃないですか。事故ならばテープを調べる必要などないはずでしょう」

「事情が変わりました。これは殺人事件だと、われわれは考えています」

「それはさきほどうかがいました」

「あなたは、事件の前に被害者といざこざを起こしたことを、何人かに目撃されています」

千葉は、大きく息を吸ってからゆっくりと吐きだした。自分を落ち着かせようとしているようだ。

「言いたいことはわかりますよ、刑事さん。私と細田はたしかに反りが合わなかった。何度もぶつかったことがあります。そして、殺人事件であることを物語るテープを隠し持っていた。私は容疑者というわけですね」

「そんなことは言っていませんよ」北森は言った。「ただ、私たちは本当のことが知りたいだけです」

この言葉は本心ではない。

百合根はそう思った。北森も千葉を疑っているに違いない。

「本当のことを知りたいのは私も同じです」

「ビデオテープのことですが……映像が飛んでいることに気づいたのはいつのことですか？」

「編集作業の後半です。カメラが何か心霊現象を捉えていないかをチェックしていたのです」

「どうしてすぐに連絡してくれなかったのですか？」

「考える時間がほしかったのです」

「考える時間？」

「ビデオカメラをいじったということは、犯人は我が社の人間である可能性が強い。そうでしょう」

「あなたも含めて……」

「そう」

千葉は言った。「私も含めて」

青山が尋ねた。

「心霊現象は映っていたの？」

千葉は虚を衝かれたように、青山のほうを見た。

「何か映るかもしれないと思って、カメラを回しっぱなしにしたんでしょう？　その結果は？」

「光のようなものがカメラの前を横切っているように見える映像がありました。それをうまく編集でつなぎました。でも、それが心霊現象かどうかはわかりません。ＴＢＮでそれに、いかにも心霊現象であるかのようなナレーションやキャプションを付け、スタジオの芸能人にコメントを言わせるのです」

「カンパケをＴＢＮに持ち込んだわけじゃないんだね」

「違います。素材の映像を発注されたに過ぎません。ＴＢＮではこれから、われわれが撮った映像を使い、スタジオで番組の収録をするはずです」

カンパケというのは、完全パッケージを略した業界用語だ。映像や音源の完成品を意味している。そんな言葉を知っているところが、いかにも青山らしいと、百合根は思った。青山の興味はあらゆるジャンルに及んでいるようだ。

「なるほどね。板垣さんは、安達春輔の除霊のシーンを撮影して、最後のスタジオ収録に使うつもりかもしれない」

千葉はうなずいた。

「おそらくそうでしょう」

「ねえ、カメラを横切った光って、何だと思う？」

「いろいろなことが考えられます。一言で言えばノイズですね。まず光学的なノイズ。何かが光を反射してそれをカメラが捉えてしまった場合です。虫の羽が何かの光を反射することはよくあります。あるいは電子的なノイズ。ビデオカメラもある部分、電子製品ですからね」

「心霊現象じゃないんだ」

「そうだといいんですがね……」

北森が、割って入り、質問を続けた。

「映像はどのくらい途切れていたんですか？」

「わかりません。テープは最後まで撮影されていましたから……」

北森は、ちょっと考えてから言った。

「それ、どういうことです？」

「三つのケースが考えられます。一つは、ビデオカメラが一時停止され、また撮影が再開された場合。そして、テープを巻き戻し、撮影を始めた場合。もう一つは、その両方を行ったケースです」

　百合根は、頭の中で彼の言葉を繰り返し、確認していた。百合根も家庭用のビデオカメラで撮影をした経験くらいはある。

　千葉の説明が続いた。

「第一のケースでは、どのくらいカメラを止めていたのかは、残ったテープから知ることは不可能です。つまり、第三のケースも同様です。第二のケース、つまり巻き戻してすぐに撮影を始めた場合は、テープの残量から欠落した時間がどれくらいか推測できることもあります。ただし、それには条件があります。撮影の開始と終了の時間がわかっていること。そして、テープの途中で撮影が終わっていること……」

「理屈ではそうだけど……」青山が言った。「今回は、かなり条件が限定されていると思うよ。午前二時にあなたがテープを替えたんでしょう。そして、午前五時ころ、ＡＤの人がテープを回収に行った。一巻のテープで三時間録画できるんだよね」

　千葉はうなずいた。

「そう。テープは三時間、そして、私がテープを替えてから戸川が回収に行くまでが、約三時間。……ということは、欠落している画像、あるいは消された画像は、数分……。あるいはもっと少なくて、一、二分かもしれません」

「一、二分じゃ犯行に及ぶのはちょっときついかもしれんな……」

北森が言った。

百合根もそう感じた。決して不可能ではないが、かなり難しい。それが、五分となるとかなり現実味が増してくる。五分というのは意外と長いのだ。

千葉は小さく肩をすくめた。

「はっきりしたことはわからないと言ってるんです」

「あの……」百合根は千葉に尋ねた。「撮影されたビデオには、時間が記録されているんじゃないですか？　それでわからないのですか？」

「タイムコードのことですか。あれは、テープがどのくらいの時間回ったかを記録しているだけです。カメラが止まればタイムコードもストップする。巻き戻されれば、それだけタイムコードも戻る。つまり、タイムコードはカメラが止められようが、テープを巻き戻されようが、連続して記録されるようにセットされます」

百合根は、家庭用のビデオカメラの時間表示を思い出した。たしかに、家庭用のビデオカメラも千葉が言ったような仕組みになっている。つまり、タイムコードからも、どの程度の空白の時間があったかは知ることができないのだ。

北森が言った。

「ビデオテープをわれわれに預けてもらえませんか」

千葉はしばらく考え込んでいた。やがて彼は言った。

「殺人事件の捜査となれば、それも仕方がないでしょうね。断れば、令状を持ってくるのでしょう？」

「そういうことになりますな」

「しかし、どこが飛んでいるのか素人には見つけられないかもしれませんよ」

「警察にも映像のプロはいます」

「せっかくタイムコードがついているんだからさ」青山が言った。「千葉さんに、映像が飛んだ場所を教えてもらえばいいじゃない」

「私がそこまで協力する義理はない」

青山は意外そうに言った。

「会社の同僚が殺されたんだよ。すすんで協力してくれると思ったんだけど……」

千葉は、何も言わず青山を見つめていた。

北森が言った。

「ここには編集用の機材もある。どうです？　彼が言ったようにここでテープを再生して飛んでいる場所を教えてもらえませんか？」

「仕方がないな……」

千葉は、編集室を出ていった。戻ってきたときには、ショルダーバッグを手にしていた。そのバッグの中に二本のビデオテープが入っていた。

まず、そのうちの一本を再生した。百合根はモニターを見つめた。千葉はテープを早送りしていく。画面は真っ暗だ。かすかにベランダのほうから外の明かりが入っているのがわかるだけだ。画面にはまったく動きがないように見える。やがて、千葉は早送りから通常のスピードの再生に戻した。

「ここだ」

千葉が言った。

百合根は、眼を凝らしたが、映像が飛んでいるのはわからなかった。

「巻き戻してみましょうか？」

千葉は、そう言うと返事を聞かぬうちにビデオテープを巻き戻し、再生した。

「ベランダをよく見てください。ロープか何かの影が動いているでしょう。その動きが連続していないところがある」

千葉の言うとおりだった。ロープの影が一瞬不自然な動きになる。

百合根は、その場面のタイムコード、つまり時間表示をメモした。北森も同様にメモした様子だった。ロープの影のごく小さな動き。ただそれだけで、映像が飛んでいることに気づいたのだ。プロというのは、やはりたいしたものだと百合根は思った。

さらに千葉は、もう一本のテープを再生した。さきほどとは違い、白っぽい画面だった。全体にノイズが入ったような感じだ。暗視カメラで撮影された映像だろう。

「今度はさっきよりも多少わかりやすいですよ」

だが、百合根にとってはたいした違いはなかった。

「しかし、よく気づきましたね」

百合根は言った。千葉がこたえた。

「実は映像で気づいたわけじゃないんです」

「どういうことです？」

「音ですよ」

「音……？」

「ごくかすかにですが、ドアが閉まるような音が聞こえたんです。鉄の扉が閉まる、がらんという感じの音です。そう、あの部屋の玄関のドアが閉じた音だったのかもしれません。おやっと思ってモニターに集中しました。それで気づいたのです」

「ドアが閉じた音……？」百合根は言った。「それは細田さんが部屋にやってきた音でしょうか。それとも……」

「さあ、それはわかりません。それを捜査するのが、警察の仕事でしょう？」

百合根は、自分がひどく間抜けな質問をしたような気がして、恥ずかしくなった。

「そうですね……」

「そのビデオテープ、思ったより役に立つかもしれないね」

青山が言った。

「思ったより役に立つ？」北森が青山に尋ねた。「どういう意味だ？」

「だって、音でしょう？」

「そうか」百合根が言った。「翠さんがいる」

「おそろしく耳がいいんだったな」

「ええ。何かを見つけてくれるかもしれません」

北森が千葉に言った。

「では、テープをお渡しいただけますか？」

千葉は、唇を真一文字に結び、北森を見据えながら二本のビデオテープを差し出した。

千葉から入手したビデオテープはデジタル・ベータカムだった。百合根は、科警研で分析することにした。

翠、赤城、山吹、黒崎の四人は鑑識とともに現場に行っているはずだ。百合根は翠に電話をして科警研に向かうように言った。

「へえ……。警察の施設なのに、ずいぶんと雰囲気が違うもんだな……」

北森が言った。

「科警研に来るのは初めてですか？」

「初めてだよ。本庁にだって滅多に上がることはないんだ」

百合根は、映像関係の担当者にビデオをセットしておくように指示してST室にやってきた。

北森が青山の机を見て目を丸くした。

「これで仕事になるのか……」

青山は平然と言った。

「これじゃなきゃ仕事にならないの」

百合根はあわてて説明した。

「青山は秩序恐怖症でして……」

「何だ、それは……」

「あらゆる秩序に不快感を抱くのです。きちんと片づいた部屋にいると落ち着かないんです。何でも極端な潔癖性の裏返しらしいのですが……」

「妙な癖があったもんだな……」

そのとき、百合根の机の電話が鳴った。桜庭所長からだった。百合根が戻っていることをどこからか嗅ぎつけたらしい。

「ちょっと来てくれ」

百合根は、電話を切ると北森に言った。

「ここで待っていていただけますか？　もうじき、ほかのメンバーも戻ることになってますんで……」

北森は言った。

「いいとも。この人に心理学の講釈でもしてもらっているよ」

どうやら北森は青山がけっこう気に入っているようだった。

「殺人事件と断定したのか？」桜庭所長は上機嫌だった。「川那部のやつが事故だと言った事案を……」

「ええ、まあ……」

百合根は報告を求められ、これまでの経緯を説明したのだった。

「それで、容疑者は？」

「まだ絞られていません」

「そのビデオ収録に関係している者の中に犯人がいるんだろう？」

「おそらくそうだと思います。カメラが回りっぱなしになっているのを知っていて、カメラを一時停止したか、巻き戻したのが犯人でしょうから……」

「ならば、自然に絞られてくるだろう」

「鋭意捜査中です」

「記者発表は明日の午前か？」

「そういうことになると思います」

「容疑者の中には、その何とかいうタレントと霊能者も含まれているわけだ」

百合根はちょっと考えてからこたえた。

「そうかもしれません」

青山が妙に安達に興味を示している。単なる好奇心とは思えなかった。青山がこだわることには、必ず何かの意味が含まれているのだ。青山が安達を容疑者と考えている可能性もある。

「マスコミが騒ぎはじめるな……。目黒署だけで抑えきれるかな……」

「何とかやるしかないでしょう」

「川那部にやらせろ」

「は……？」

「この件を仕切ろうとしているのだろう」

「はい」

「役割を与えてやれば、あいつも多少はおとなしくなるだろう。うまくあいつがマスコミ対策をやるようにし向けるんだ」

「はあ……。でも、どうやって」

「それくらい、おまえが考えろ」

百合根がＳＴ室に戻ると、その場に全員が顔をそろえていた。ＳＴの全員と菊川、佐分利だ。菊川と佐分利は立ったままだ。北森は、青山の席の隣にある空席の椅子に腰かけている。

百合根は、席に戻ると赤城に言った。

「何か見つかりましたか？」

「思ったとおり、何も見つからなかった」

「え……？」百合根は、赤城の言葉が理解できなかった。「でも、鑑識を連れて行って何かを捜していたんでしょう？」

「見つからないことで、証明されることもある」

「詳しく説明してください」

「俺は、検体が頭をぶつけた跡を捜した」

「検体という言い方はやめてください。遺体か被害者と言ってください」

「とにかく、頭をぶつけた跡は見つからなかった。被害者は、頭髪に整髪料をつけていた。あれだけのこぶができるくらいに激しく頭をぶつけたのなら、その場所に整髪料や頭皮の油、毛髪などが付着しているはずだ。だが、その痕跡はなかった。床にも壁にもな」

「それはどういうことです？」

「少なくとも、被害者が頭を打ったのはあの部屋ではないということになる」

赤城に続いて菊川が言った。

「もし、被害者があの部屋で首を折るほどの激しい衝撃を受けたのなら、当然ものすごい音がする。同じマンションの人間がその物音を聞いていないというのは不自然だ。昨夜、マンションで実験したとおりだ」

「……ということは……」百合根は言った。「犯行現場はあのマンションの部屋じゃないということですか？」

菊川がうなずいた。

「そういうことになる」

「いずれにしろ」赤城が言った。「床からは頭をぶつけた痕跡は見つからないと踏んでいた。もしかしたら、壁から見つかるかもしれないと思ったんだが……」

「壁から……？」

「あのこぶは、直接死因とは関係ないということだ。後頭部を激しく打って、一時的に気を失ったかもしれない。犯人は気を失った被害者の首を折ったと考えたほうがいい。そうすれば、それほど激しい音を立てることもない……」

北森が言った。

「ビデオテープで飛んでいる時間が短すぎると思ったんだ。遺体を運び込んだだけなら説明がつく」

百合根は翠に言った。

「そのビデオテープなんですが……」

翠はうなずいた。

「話は聞いたわ。さっそく見てみましょう」


翠は、何度か技術者に巻き戻して再生させた。

翠の後ろをぐるりと囲むように百合根をはじめとするSTのメンバー、それに菊川たち三人の刑事が立っていた。

たしかに、鉄のドアが閉じる様な音がかすかに聞こえる。あの部屋のドアは鉄製だった。

「止めて」翠が言った。「もういいわ」

百合根が尋ねた。

「何かわかりましたか?」

「たしかに、あの部屋のドアが開いて、そして閉じた音が聞こえる。そのあと、誰かが部屋に入ってきた足音も聞こえた」

百合根は驚いた。

「足音ですか？」

百合根はまったく気づかなかった。百合根だけではない。その場の誰も気がつかなかったはずだ。

「足音は複数。たぶん、二人。ずいぶんと体重が重い人たちね。でなければ、二人で何か重いものを持っている。歩き方が不自然だから、おそらく重いものを持っているのね」

「たまりませんね」

ビデオのコントローラを操作していた技官が言った。

「自分らなら、それだけの情報を取り出すのに、ノイズを取り去り、コンピュータで解析しなければならない。最低で丸一日かかりますよ」

「その……」北森が言いづらそうに言った。「そのお嬢さんの言ったことは、信頼できるのかね？」

技官は、北森に言った。

「もちろんですよ。ここで、結城さんの耳を疑う者は一人もいません。彼女は、すでに伝説になっています」

「……ということは、部屋に被害者が頭をぶつけた跡がなかったことにも符合するな。そして、マンションの住民が物音を聞いていないという事実とも一致する。つまり、犯行現場はあの部屋じゃない」

「さらに重要なのは」百合根は言った。「二人の足音が聞こえたということです。これって、複数の犯行ということでしょう？」

「そう」

北森がうなずいた。「きわめて重要な手がかりだ。単独の犯行ではなく、複数の犯行の可能性が強まった」

菊川が言った。

「打ち上げのあとの参加者全員の足取りをもう一度洗う必要があるな。それと、鑑取りだ。誰かが嘘を言っている」

「結果的に……」青山が言った。「安達春輔も嘘を言ったことになるね。被害者は霊障で死んだわけじゃない。殺されたんだからね」

「それも含めて……」菊川は言った。「もう一度洗い直しだ」

彼の顔に疲労が滲んでいた。昨夜、正確に言うと今日未明まで現場にいたことがこたえているのだろう。

百合根も疲れていた。

誰一人疲れていない者はいない。だが、やらなければならない。川那部は、一週間でこの事件に片をつけろと言った。意地でも一週間で容疑者を特定したかった。

「何とか、係のほかの連中にも手伝ってもらうよ」

北森が言った。

「俺たちは、地取りの範囲を、打ち上げをやった『タイフーン』周辺まで広げよう」

「手が足りませんよ」佐分利が言った。「やはり、川那部検死官が言ったように、捜査本部態勢にすべきだったんですよ」

「STさんはな、俺たちに手柄をくれると言ってくださったんだ」

北森が珍しく怒りの表情で言った。

「そして、俺たちのために必死で仕事をしてくれているんだ。あの人が脚立の上から後ろ向きに落ちたのを見なかったのか？　あんなことは、おいそれとできることじゃない」

北森は黒崎を指差していた。

佐分利は、ぽかんとした顔をしている。自分が場違いな発言をしたことに気づいていないのかもしれない。

「勝つんだよ」

北森は言った。「手柄を立てるんだ。そういう意欲がないのなら、刑事なんかやめちまえ」

佐分利は、無言で北森を見ていた。

「さあ、時間は限られている」菊川が言った。「俺はまた聞き込みに出かける。やる気があるならついてこい」

菊川は戸口に向かった。

佐分利は、どうしていいかわからない様子でたたずんでいたが、菊川の姿が廊下に消えると、慌てた様子でそのあとを追っていった。

13

目黒署の刑事課の前は、ちょっとした騒ぎになった。副署長が今朝、細田の死を殺人と断定して捜査していると記者発表したのだ。

「あのマスコミの騒ぎを何とかしろ」

いつもの汗くさい部屋で、川那部検死官が顔をしかめて言った。

「検死官」百合根はあらたまった口調で言った。「心霊現象関連の撮影中に殺人事件が起きたんです。マスコミの恰好の餌食ですよ。勢いづいたマスコミをなだめるのは並大抵のことじゃありません」

「だが、このままじゃ捜査のじゃまになる」

「ここは経験豊富な検死官になんとかしていただけないでしょうか？」

「何だと？」

「われわれには手に余ります。検死官の助けが必要です」

我ながら歯が浮きそうな台詞だと思った。面倒なマスコミ対策を押しつける見え透いた口実だと思われるかもしれないと百合根は訝《いぶか》った。

だが、意外にも川那部はまんざらではなさそうな顔つきになった。

「ふん。まあ、たしかに君たちには百戦錬磨のマスコミの連中を相手にするのは、荷が重いかもしれない。いいだろう。私が対処しよう」

百合根はほっとした。これで、しばらくは川那部にあれこれ言われずに捜査に集中できそうだ。その上、川那部がマスコミを牽制してくれるかもしれない。さすがに桜庭所長だ。彼の判断に間違いはない。

菊川はすでに佐分利を連れて聞き込みに出かけていた。百合根と北森が出かけようとしていると、突然、翠が声を上げた。

「思い出した」

百合根は驚いて、尋ねた。

「何です、急に……」

「あの部屋に入ったときの独特の感じ……」

「あの部屋……？　現場ですか？」

「そう」

赤城が翠に言った。

「そういえば、何かを感じるって言ってたな」

「以前に経験したことがあるような気がしてたんだ……。思い出した」

「何だ？」

「ＭＲＩよ」

百合根が尋ねた。

「ＭＲＩって、あの病院の検査で使う……？」

赤城が言った。

「磁気共鳴断層撮影装置だ」

「そう。以前検査を受けたことがあるの。そのときの感じに似ていた」

「ＭＲＩは、その名のとおり強い磁気を利用して、電波の共振をコンピュータで感知して画像にする。強い磁気の中で患者の体に電波を当てると、体内の水素原子が共鳴を起こす。それを受信してコンピュータで画像にするんだ。だが……」

赤城は怪訝そうな顔をした。

「患者はほとんど何も感じないはずなんだが……」

「あたしは感じたの……」

「なるほど……」赤城は考え込んだ。「翠は耳がいい。聴覚というのは、脳の解析能力がいい場合と、耳の構造そのものが優れている場合が考えられる。翠はおそらくその両方だろう。耳の構造が優れている場合、三半規管も発達していることが考えられる。三半規管は磁力に反応すると言われている」

赤城はさらに考え込んだ様子だった。やがて、赤城は翠に言った。

「磁力の測定器を都合できるか？」

「お安いご用よ」

「すぐに手配してくれ」

百合根は尋ねた。

「いったい、何の話です？」

赤城の代わりに青山がこたえた。

「謎の一つを解明しようとしているんだ」

「謎の一つ？」

「心霊現象」

「心霊現象？」

「そう。安達春輔は、本当にあの部屋で心霊現象を体験していたんだ」

「どういうことです？」

「きっと、赤城さんが証明してくれる。そして、赤城さんが安達春輔を救ってくれる。ぐずぐずしていると、手遅れになる」

百合根は苛立った。

「いったい、何の話をしているんです？」

「悪いが……」赤城が言った。「もう少し時間をくれ。おそらく、安達春輔が除霊をするという日までにははっきりしたことがわかるだろう」

そう言うと彼は立ち上がった。翠もいっしょに出かける様子だ。

「面白そうですな……」山吹が黒崎に言った。「現場へ行くのでしょう。私たちも同行しましょう」

四人は部屋を出て行った。

百合根は、またしても部下の考えていることがわからずに落ち込んでしまった。

青山だけが残っている。百合根は言った。

「青山さんはいっしょに行かないんですか？」

「赤城さんと翠さんに任せておけばいいよ。僕は、聞き込みのほうに興味があるな」

「出かけよう」北森が言った。「時間も人手もないんだ。とにかく歩き回るしかない」

ＴＢＮに行き、聞き込みを続けた。

板垣プロデューサーが、水木優子を巡り細田との三角関係にあるとしたら、それは犯罪の動機になりうる。

いつの時代でも男女関係のもつれというのは殺人の動機の上位を占めるのだ。

だが、周囲の聞き込みの結果、板垣プロデューサーは、水木優子とそれほど深い付き合いではないことがわかった。何度か関係を持ったことはあるかもしれない。

水木優子が板垣プロデューサーのお気に入りであったことはたしからしい。だが、互いにほんの遊びに過ぎなかったようだ。板垣には、ほかにもお気に入りの女性タレントが何人もいたようだ。

若いディレクターの一人は言った。

「昔ほどじゃないですけどね。今でも、局の実力者はけっこうおいしい思いができるんです。僕ら程度じゃめったにそういうチャンスはありませんけどね」

「おいしい思いですか？」

北森が言った。

「役得ですよ。タレントというのは、売り出しや生き残りに必死ですからね。実力者にはあの手この手で近づいてきます」

つまり、青山の言ったことが正しかったわけだ。

板垣プロデューサーは、水木優子のことなどなんとも思っていなかったのだ。

「ただね……」その若いディレクターは言った。「水木優子のほうはどう思っていたかわかりませんよ。不倫というのは、きれい事じゃ済まない場合が多いですからね」

百合根はどうでもいいと思っていた。

板垣プロデューサーが水木優子と細田の関係をどう思っているかが問題なのだ。水木優子と板垣の間に修羅場があろうがなかろうが、細田を殺す理由にはならない。

北森も同じ考えのようだった。質問を打ち切ろうとしている様子だった。

若いディレクターは続けて言った。

「それに、妙な勘違いをするやつも出てきますしね」

「妙な勘違い？　どういうことです？」

「板垣プロデューサーに取り入ろうと、チクリを入れてくるやつがいるんですよ。細田さんが水木優子とよりをもどしたがっている、とかね……」

百合根は、そのディレクターの顔を見た。

「細田さんが……。それは本当のことですか？」

「知りませんよ。僕はただ、小耳に挟んだだけです」

北森が尋ねた。

「誰が言ったのです？」

「オクトパス・プロの人ですよ」

「オクトパス・プロの……？」北森がさらに尋ねる。「名前は？」

「名前は知りません。チャパツの若いやつですよ」

上原に違いない。百合根は思った。

「そのチャパツの若い人ですが……」北森が尋ねる。「板垣さんとは親しいのですか？」

若いディレクターは笑った。

「まさか……。立場が違いすぎますよ。相手は映像プロダクションの若造でしょう？顔を売りたかったんでしょう」

百合根はその言い方に、傲慢さを感じた。

「ねえ、容疑者は誰なんです？」若いディレクターは、好奇心に目を輝かせた。「もしかしたら、僕の知っている人？」

「それは……」北森が言った。「俺が教えてほしいね」

「顔を売るためだったら、逆効果じゃないですかね」

百合根は北森に言った。板垣周辺の十一人におよぶ人々から話を聞き、TBNを出たときのことだ。

「何だって?」

北森が訊いた。

「オクトパス・プロのチャパツって、上原さんのことでしょう? 板垣さんに、細田さんが水木優子さんとよりを戻したがっているなんて言うのは、反感を買うんじゃないですか? 水木優子さんは、板垣さんのお気に入りだったんでしょう?」

「どうでもいいだろう。細田が水木優子とよりを戻そうがどうしようが、板垣プロデューサーは知ったこっちゃないんだろう」

「そうでもない」青山が言った。「……かもしれない」

北森が青山を見た。

「そうでもないって、どういうことだ?」

「キャップの疑問はもっともだ。でも、上原の目論見《もくろみ》はけっこう成功しているかもしれない」

「なぜだ?」

「男と女の関係は、そうすっぱり割り切れるもんじゃない。板垣プロデューサーは、支配欲が強いタイプだ」

「なぜわかる」北森はそう尋ねてから、気づいたように言った。「おっと、あんたはプロファイリングの専門家だったな」

「テレビ局というのは、一種の権力の象徴だ。そのテレビ局で、板垣さんは間違いなく実力者だよね。テレビ局で出世をしたということは、権力欲が強いことを物語っている。そして、権力欲が強いということは、他人を支配する欲求が強いということなんだ」

「たまたま出世したのかもしれない」

「何人もお気に入りの女性タレントがいるって、ディレクターの人が言ってたじゃない。それ、支配欲の現れだよ。支配欲の強い人っていうのは、特定の人に固執しなくても、いざお気に入りが自分から離れていこうとすると、それが許せなくなるんだ」

「あのディレクターは、そうは言っていなかった」

「あのタイプにはわからないかもしれないね。あの人、出世しないよ、きっと」

「不倫というほどおおげさなことじゃない。周りはみんなそう言っていた」

「支配欲が強い人の特徴として、家庭を大切にする人が多いことがあげられる。家庭をかえりみずに浮気をする、なんてことはあまりないんだ」

「……ということは……」百合根は言った。「板垣プロデューサーは、細田さんが、水木さんとよりを戻したがっていることを気に懸けていたということだろうか……」

青山が言った。

「だから、わざと番組に起用したんじゃない？　二人の動向を確認するために」

「現場に出向くわけじゃないんだ」北森が言った。「確認のしようがないだろう」

「恰好のスパイがいるじゃない」

「そうか。上原を利用して……」

「ただね」青山が浮かない顔で言った。「あのディレクターも言っていたように、妙な勘違いかもしれない」

百合根は青山のこの一言が理解できなかった。北森もそうらしい。百合根と北森は顔を見合わせていた。

署に戻ると、青山は妙に沈んだ様子だった。珍しいこともあると、百合根は思った。何かを考えているのかもしれない。

川那部はすでに帰宅している。朝からマスコミの対応に追われ、疲れ果てているに違いない。

ほかのＳＴの四人も署に戻ってきた。彼らは現場で何をしてきたのだろう。百合根はそれを尋ねようかと思った。

だが、百合根が彼らに話しかける前に菊川たちが戻ってきた。菊川が戻るなり言った。

「ちょっとばかり、耳寄りな情報だ」

「何だ？」

北森が尋ねた。

「犯行時刻頃、現場のマンションの来客用駐車場にバンが停まっているのを見たという人が現れた」

「それがどうした？」

「バンの特徴が、オクトパス・プロの車と一致する」

「それが、オクトパス・プロの車だという確証は？」

「ない」

北森が大きく息をついた。

「それじゃどうしようもない。同じ車はいくらでもある。オクトパス・プロの車に社名が書かれていたわけじゃないだろう?」

「わかっている。確証はない。だが、誰かが遺体を運ぶには車が必要だ。その車がもしオクトパス・プロのものだとしたら、犯人はオクトパス・プロの人間である可能性が高まる」

北森は疲れた様子でうなずいた。

「ビデオテープの件もあるしな……」

すべて仮定だ。百合根は思った。

確かなことは何一つない。

「とにかく」北森が言った。「今日は引き上げよう。明日からは、多少だが人手が増える予定だ。情報が集まれば、それだけ事実に近づけるはずだ」

刑事たちは疲労を顔に滲ませている。

百合根も帰って寝られるのはありがたい。青山が大きなあくびをした。

14

翌朝、一番に汗くさい小部屋に現れたのは川那部検死官らしかった。

「遅いぞ」

百合根が部屋に顔を出すと、川那部は一喝した。

妙に元気がいい。マスコミ対策で張り切っているらしい。

部屋には北森と佐分利もいた。菊川とＳＴの連中はまだ来ていない。

「捜査に何か進展は？」

川那部が百合根に尋ねた。まるでマスコミを代表しているような口調だ。

「特に進展はありません」

百合根はそうこたえた。

事実だった。百合根は、捜査が進展しているとは思っていない。情報の断片だけは集まってきている。だが、それが一つの構造を成さない。

「何をぐずぐずしている。一週間で解決しろと言ったはずだ。そろそろ容疑者を絞ってもいいころだろう。捜査というのはな、筋を読むことが大切なんだ」

北森は、今さら言われるまでもないという顔をしている。一方、佐分利は熱心に川那部の話を聞いている様子だった。本当に聞いているかどうかはわからない。そういうふりをしているだけかもしれないと百合根は思った。

そこに菊川が現れ、やがてSTの面々も顔をそろえた。

青山は、昨日の夜からずっと浮かない顔をしている。何かを気に病んでいる様子だ。

いったい何を考えているのだろう。

百合根は、青山の様子が気になっていた。

北森が言っていたとおり、二人の刑事が捜査に加わった。目黒署刑事課の二人だ。北森は、彼らにオクトパス・プロの社員たちの事件当夜の足取りをもう一度洗わせることにした。

百合根と北森は、昨日に引き続き鑑取り捜査を行うことにした。青山が同行すると言った。

赤城たちは、科警研に戻ると言った。翠は、例のビデオテープのさらに詳しい分析をすると言っていた。赤城も何か調べたいことがある様子だ。山吹と黒崎は赤城を手伝うらしい。

彼らも聞き込みに引っ張り出したいところだが、STは警察官ではない。彼らには彼らの役割がある。

みんなが出かけようとしたとき、電話が鳴り、佐分利が出た。

「ああ、例のお祓い……？」

佐分利はそう言うとメモを取った。

電話を切ると佐分利は、報告した。

「オクトパス・プロの戸川さんからです。安達春輔のお祓いの日時が決まったそうです」

「いつだ？」

北森が尋ねた。

「明日の夜、午前零時から……」

北森が目を丸くした。

「何でそんな時間から……」

「演出効果でしょう」

「演出効果？」

「お祓いの様子を撮影するそうですから……」

「そういうことか……」

「僕たちも行かなくちゃね……」青山が言った。「その場に立ち会わなきゃ……」

百合根があわてて言った。

「そんな必要はありません」

「どうしてさ。あの事件に関わったすべての人が顔をそろえるんだよ」

「正確にはすべてじゃない」北森が言った。「おそらく板垣プロデューサーは来ないだろう」

「なら、来るように言ってよ」

北森が眉をひそめて青山を見た。

「なぜだ？」

「彼も関係者だからさ」

「何をばかなことを……」川那部検死官が言った。「お祓いだと？　くだらんことを言ってないで、捜査をしろ、捜査を……」

「くだらないとは思わないよ。関係者が全員顔をそろえると、面白いことになるかもしれない」

「ふん、全員の前で犯人でも言い当てると言うのか」

「なんなら、そうしてもいいよ」

青山があっさりと言った。百合根は驚いた。

菊川も北森もびっくりした顔で青山を見ている。

「大きく出たな」川那部検死官は、挑戦的な表情で言った。「ならば、私も同席しよう。その場で容疑者を特定できるというのなら、やってみるがいい」

百合根はうろたえた。まだ、容疑者の特定などできる段階ではない。おそらく菊川も北森もそう思っているだろう。

「青山さん」

百合根は言った。「今の発言は撤回したほうが……」

「どうってことないさ」青山は平然と言った。「事件の容疑者より、僕は心霊現象のほうに関心があるけどね」

戸川一郎は、上原にこき使われて頭に来ていた。上原はまだ正式にディレクターに格上げになったわけではない。まだ、立場は同じＡＤのはずだ。なのに、上原は、一郎をいいように使った。たいした仕事ではなかった。クイズ番組のための街頭インタビューだ。

千葉はまた新しい仕事を始めていた。安達春輔モノの追加収録だ。安達春輔が前回の撮影に関わったすべての人間のお祓いをする。同時にあの部屋の除霊をすることになり、それを収録するのだ。

一郎が上原の仕事にかかりきりなので、千葉はADなしでその仕事をやり終えるつもりのようだ。一郎は、千葉のことが気がかりだった。

ビデオテープのことを警察に話したのが一郎であることは、千葉も知っている。あのテープのことは、千葉と一郎しか知らなかったはずだ。だが、千葉はそのことについて何も言わなかった。それがかえって気詰まりだった。

千葉に対する疑いはいまだにぬぐい去れずにいる。まさかと思いながらも、千葉が細田を殺したのではないかと、つい疑ってしまうのだ。一郎は千葉を尊敬していた。ぶっきらぼうだが、さりげなく気をつかってくれる。仕事には妥協がなく、上がる映像はいつも一級品だった。その千葉が殺人犯として警察に逮捕されるところを想像し、ひどく気分が滅入った。警察にビデオテープのことなど話さなければよかった。

一郎は後悔していた。

だが、今さら仕方がない。

明日の夜は、一郎も安達春輔のお祓いに立ち会わねばならない。社長から、撮影に関わった者は全員お祓いをしてもらえと言われていた。千葉と話す機会があるだろうか。ちゃんと話をしなければならないと一郎は思った。だが、何を話していいかわからなかった。

心の中にずっしりと重いものを抱えながら、一郎はただ目の前の仕事をこなすしかなかった。

「青山さんは、すでに誰かの容疑が確定していると思っているわけですか？」

署を出ると、百合根は尋ねた。

「論理的に考えればこたえは出るじゃない」

「そうでしょうか」

百合根は、差し迫った気分だった。

「ねえ、水木優子に会って確かめたいことがあるんだけど……」

「俺も同じことを考えていた」北森が言った。「行ってみようじゃないか」

所属事務所に連絡すると、水木優子は今日はオフだということだった。自宅を訪ねると、マンションの周囲にカメラマンの姿がちらほらと見える。写真週刊誌か何かの連中だろう。マンションはオートロックだ。玄関で部屋番号を打ち込んでインターホンで彼女を呼び出した。

警察だと告げると、彼女は言った。

「勘弁してくれない」

ここで引き下がるわけにはいかない。

北森が言った。

「ちょっとで済みますから……」

しばらくして、玄関のドアの鍵が開く音がした。

部屋を訪ねると、彼女は、寝起きの様子で顔を出した。紺色のスウェットの部屋着を着ている。百合根は正直に言ってその顔を見てぎょっとした。化粧っけがないのは言うまでもない。眼がどろんとしており、顔色がひどく悪い。目の下にくまができている。先日会ったときより、一気に十歳も年を取ってしまったようだった。

水木優子は非難がましく言った。

「ひどい二日酔いなのよ……」

先日会ったときもすっぴんだと言っていた。だが、今目の前にいる彼女よりはずっとみずみずしく見えた。何かが彼女の中で崩れてしまったようにも見える。この前は気丈に振る舞っていた。だが、やはり細田が死んだことがこたえているのだろうか。

百合根はそんなことを思った。

彼女は、百合根たちをドアの中に入れようとはしなかった。ドアを開けたままの立ち話になった。

「細田さんが、よりを戻そうとしていたって、本当?」

青山が単刀直入に言った。

水木優子はどろんとした眼を青山に向けた。

「誰がそんなことを言ったのよ」

たしかにかすかに酒の臭いがする。

「誰が言ったかは問題じゃない。それが本当かどうかが問題なんだ」

「よりを戻すなんて、あたしにはそんな気はさらさらない」

「細田さんはどうだったの?」

水木優子は、見るからに気分が悪そうだった。

「知らないわよ。安達さんに細田さんの霊でも呼び出してもらって、本人に訊けば?」

「ああ……。それ、いい手かもしれないね。安達さんに頼んでみるよ」

水木優子は、顔をしかめた。

「吐きそうだわ。もういいでしょう?」

「明日の夜は、来るでしょう?」

「何の話?」

「撮影があるはずだよ。安達春輔が先日の撮影に関わった人全員のお祓いをするんだ。それをまた収録するんだよ」

「マネージャーに訊いてよ」

青山はうなずいた。

「じゃあ、そのときにまた……」

ドアが閉まった。

百合根が青山に尋ねた。

「もういいんですか?」

「うん。確認は取れた」

「確認……? いったい、何の?」

「彼女がどんな様子か見てみたかっただけなんだ」

「お祓いの日に会えるでしょう」

「その日は彼女の仕事だよ。仕事の日はよそ行きの顔をしている。それじゃ意味がない」

「なるほど。それで、何がわかったんですか？」

「彼女は、手に余る大きな問題を抱えている」

「細田さんの死がショックだったんでしょう」

「そう。それが、彼女を責め苛《さいな》んでいる」

相変わらず百合根には、情報の断片しか見えていなかった。

一日の聞き込みを終えると、青山はまた沈んだ表情をしていた。何かを考えている。青山は人を観察し、心理を洞察することのプロだ。彼は何かを確信しているのかもしれない。それが、彼を落ち込ませているようだ。

それが何なのか、百合根にはわからない。

尋ねてもこたえてはくれないだろう。いや、今の青山には尋ねることはできないと感じていた。青山の頭脳は、百合根とは違う次元で回転しているような気がした。青山は、思考の混沌の中に身をゆだね、その混沌の中に何かのサインを見つけようとしているのだ。

それは神聖なことのように百合根には思えるのだ。

そして、さらに一日が過ぎ、安達春輔のお祓いの日がやってきた。

15

すでにハンディーカメラを構えたカメラマンが準備を整えている。ディレクターの千葉とカメラマンがこまごまとした打ち合わせをしている。

照明係は、ディレクターの千葉とＡＤの戸川一郎が交替でやるらしい。

百合根は、警察からやってきた面々の様子を眺めていた。

菊川は、どこか手持ち無沙汰な様子で壁際に立っている。北森は何が起きても対処できるように身構えているように見える。佐分利は北森のそばに立って、川那部検死官の様子をうかがっているようだ。

川那部検死官は、苛立たしげな様子で部屋のほぼ中央に立っている。ＳＴの面々は、リビングルームの出入り口付近に固まっていた。赤城は腕を組んで戸口近くの壁にもたれている。

翠は相変わらず胸と太ももを派手に露出した服装で、赤城のそばに立っていた。

黒崎は、巨体だがひっそりとなるべく存在を主張しないようにつとめているようだ。山吹は飄々と室内の様子を眺めている。

青山はいつもと変わらない。室内で動き回るすべての人々を興味深く見つめている。だが、青山の興味はいつ尽きるか誰にもわからない。突然、彼はすべてのことに無関心になりかねないのだ。

ＡＤの上原の姿はない。安達春輔を車で迎えに行っているのだ。

部屋の床には、鑑識がつけたチョークの印がまだいたる所に残っていた。一番大きい印は、被害者をかたどった人型だった。

ＴＢＮの板垣はベランダ側にいた。彼も川那部同様に苛立っている様子だ。その板垣が言った。

「おい、まだ始まらないのか？」

千葉がこたえた。

「今、水木優子が下の車でメークをしてます」

「安達春輔はどうした？」

「もうじき到着するでしょう」

板垣は、今度は川那部検死官に向かって言った。

「どうして警察は、私に立ち会えなどと言ったんだ？」

「私は知らない」

川那部検死官は、板垣と同様に不機嫌な様子でこたえた。ふたりで不機嫌さを競っているようだ。それは、ここで誰が一番偉いかを競っていることでもあるのだ。

百合根が説明すべきだと思った。だが、百合根にも理由はわからない。板垣も同席させたほうがいいと言ったのは青山なのだ。

百合根は青山のほうを見た。

青山はそれに気づいたが、何も説明しようとしなかった。百合根はそっと溜め息をついた。

「安達さん、到着しました」

上原が戸口に現れ、大きな声で言った。緊張した雰囲気がそれで救われた。

上原に続いて姿を現した安達春輔は、いつものように黒いトックリのセーターに黒いスーツを着ている。同じ衣装を何着も持っているのだろうな……。百合根はそんなことをぼんやりと考えていた。

やがて、メークを終えた水木優子が部屋に姿を現した。百合根は驚いた。彼女は美しさを取り戻していた。昨日、マンションで会った彼女と同じ人とはとても思えない。肩のあたりまである栗色の髪は、見事なカットの技術で裾にいくにしたがいボリュームが抑えられている。頬紅のせいか、いたって健康そうに見えた。彼女が現れただけで部屋の中が華やかになった。

やはり、プロのタレントはオーラが違う。青山は、仕事場で彼女に会っても仕方がないと言った。その理由がようやくわかった。マンションを訪ねなかったら、憔悴しきった彼女の姿など想像もできなかっただろう。

「そろったな」板垣プロデューサーが言った。「さっそく始めよう。カメラの準備はいいか？」

「ちょっと待ってください」千葉が言った。「最終の打ち合わせをやらせてください」

「必要ないだろう。安達さんにすべて仕切ってもらえ。それをカメラに収めればいい」

「わかりました。でも、現場のことはわれわれに任せてください」

千葉は相手が誰であろうと、言うべきことを言うタイプらしい。百合根は、そんな彼をうらやましいと思った。

北森と眼が合った。百合根は、自分の役割を思い出した。

今、この部屋に集まった人々の中に犯人がいる。青山がそれを指摘するという。青山だけに任せておくわけにはいかない。

百合根も頭を絞って推理しなければならない。今回の捜査では、百合根と青山はほとんど行動をともにしていた。青山が見聞きしたものは、百合根も知っていることになる。

千葉が安達春輔と打ち合わせを始めた。

水木優子はそのかたわらに立って、二人のやり取りを聞いている。

そこに青山が近づいた。

青山は、水木優子に何事か囁いた。水木優子は、はっとした様子で青山を見た。

それから青山は彼女のもとを離れ、百合根たちのそばにやってきた。青山は、百合根、北森、菊川の三人を呼び寄せると小声で言った。

「安達春輔が除霊を始めると、水木優子に何か起きるかもしれない」

「何かって、何だ？」

菊川が尋ねた。

「それはわからない。何かさ。でも、彼女に異変が起きたとき、三人に確認してもらいたいことがある」

今度は北森が訊いた。

「何だ？」

「彼女が最初に誰を見るか。それを見逃さないでほしいんだ」

「最初に誰を見るか?」

菊川も北森も怪訝そうな顔をしている。百合根もこの不思議な指示に戸惑った。

「青山さん。それが、犯人と何か関係があるんですか?」

「あるはずだよ」

青山は言うと、壁際に戻り安達春輔の様子を眺めはじめた。

水木優子が不安げな眼差しでその青山を見ていた。青山は水木優子のほうを見なかった。

いったい、青山は何を目論んでいるのだろう。百合根は思った。たしかに、水木優子と安達春輔、それにオクトパス・プロの面々には、濃淡それぞれだが容疑がかかっている。TBNの板垣プロデューサーも、今のところ真っ白とは言えない。

容疑者を一堂に集めて、白黒をはっきりさせようという青山の意図はわかる。だが、その方法となると皆目見当がつかない。

「では、カメラを回します」

千葉が言った。戸川一郎がライトを高々と差し上げて点灯した。

「さあ、では始めましょうか」安達春輔が言った。「最初にみなさんを霊視します。

ひとりずつ私の前に来てください」

最初に安達春輔の前に立ったのは水木優子だった。彼女は青ざめて見えた。怯えている様子だ。

百合根は、そっとSTたちのそばに移動した。青山に小声で訊いた。

「いったい、彼女に何を言ったのです？」

青山は、人差し指を立てて唇に当てた。

「しっ。収録中だよ」

「本当に川那部検死官を納得させられるんですか？」

「僕にもわからない。成り行きを見守るしかない」

青山は平然としている。百合根は、気を揉んでいた。

「あ……」

翠が小さな声を上げた。百合根は驚いてそちらを見た。

ほかのSTのメンバーたちも翠に注目している。翠が小声で赤城に言った。

「また、あの感覚。おそらく磁気よ」

赤城はうなずき、安達春輔に眼を移した。百合根もつられてそちらを見た。

安達春輔は顔をかすかに歪めていた。目の前にはまだ水木優子がいる。彼は、右手で右側頭部をおさえた。

「頭痛がする……」

安達春輔はつぶやいた。それを聞いた水木優子の顔に恐怖が走った。彼女は、安達春輔の頭痛が何を意味するか知っているのだ。

霊を察知すると頭痛がする。彼は常日頃そう言っているのだ。

水木優子は、ぶるっと体を震わせ、両手で自分の肩を抱いた。

「安達さん……」彼女は言った。「いったい何が起こってるんですか?」

「霊の波動を感じます。だんだん強くなる」

彼は、苦痛に顔を歪めている様子だ。

翠がいつのまにか小さなメーターのついた小箱を手にしていた。何かの測定器らしい。彼女は、そっと赤城に言った。

「磁気は強くなったり弱くなったりを繰り返している」

どうやら翠が手にしているのは、磁気を測定する装置らしい。

磁気が強弱を繰り返している?

百合根は、心の中でつぶやいた。

この部屋で? それはどういうことなんだ? そして、それがどうしたというのだ？

再び安達春輔の声がした。

「怨みを持った霊の波動です。何か強い怨みを持った……」

その声は、独特の響きを持っている。力強く、それでいて柔らかい。つい引き込まれそうになる声音だ。

「それは……」

水木優子が尋ねた。「この部屋の地縛霊ですか？」

安達春輔は宙を透かし見るように視線を動かした。

「あなたは何も感じませんか？」

彼は宙に視線をさまよわせながら水木優子に尋ねた。

「え……？」

「強い霊波動だ。あなたも何か感じるはずだ」

「やだ……。鳥肌が立ってきた……」

彼女はカメラを意識して発言している。

百合根は妙な気分になってきた。たしかに、頭を押さえつけられるような圧迫感を感じる。そこに、独特の安達春輔の声が響く。急に部屋の中が寒々としてきたような気がする。いや、気がするだけではない。実際に気温が下がったようだ。

どうしたというんだ……。

百合根はそのとき、かつて見た映画の台詞を思い出した。「シックス・センス」の中の台詞だ。

「亡霊が現れるときには、周囲の気温が急に下がる」

百合根はぞうっとした。寒さのせいではない鳥肌が立つ。

はっとした。

視界の左側で何か動いたような気がした。そちらに眼を走らせる。

ベランダが見えた。ベランダの外は漆黒の闇だ。

ベランダのガラス戸の外に何か見えるような気がした。百合根はそちらを見たくなかった。心の中で見るなという声がした。

目をつぶれ。そっちを見ちゃいけない……。

だが、百合根はそこを見ていた。しっかりと目を開け、ベランダの外を見つめた。

ガラス越しに何かが見えた。ゆらゆらとゆれる白っぽい影。

百合根はその場に凍り付いた。

白い着物のようなものが見えた。そして、やがてそれが、若い女性の姿に見えてきた。ガラスの向こうから白い着物を着た若い女性が部屋の中を覗き込んでいる。

百合根は、全身に氷水を浴びせられたような気がした。

その若い女と眼が合った。

「ひっ……」

百合根は小さく声を上げた。あれは霊の姿だ。僕は、幽霊を見た。

パニックを起こしそうになった。あやうく大声を上げるところだった。誰かに肩を叩かれ、百合根はびくりと振り返った。

赤城だった。

「だいじょうぶだ」赤城は低くささやいた。「幻覚だよ」

「赤城さんにも見えるんですか？」

「いや。だが、何が起こっているのかは想像がつく」

「ほら……」安達春輔の声が響いた。「あなたにも見えるはずです」

彼はゆっくりと右手を上げて、ベランダのほうを指差した。催眠術にかかったような仕草で水木優子はふりかえった。

「何が見えますか？」

水木優子は目を見開き、拳を口に当てた。息を呑み、ベランダを見つめている。

「キャップ。水木優子を見て」

青山が小声で言った。

水木優子もベランダのほうを見ている。彼女にも何かが見えているようだ。

安達春輔は、そんな水木優子の様子を冷静に観察している。医者が患者を見るような態度だ。プロの霊能者の眼差しなのだろう。

水木優子には、いったい何が見えているのだろうか。彼女は、身動きせずベランダのほうを見つめている。口を開き、拳を押し当てている。

彼女はちらりと視線を移動させた。

何かが起きたとき、彼女が最初に誰を見るかを確認しろ。青山はそう言った。百合根は、水木優子の視線を追った。

その視線の先には、上原がいた。

水木優子は、何を見たのだろうか。そして、咄嗟に上原を見たのはどういう意味なのだろうか。百合根は青山を見た。

青山は、また少しばかり憂鬱そうな顔をしていた。

「見えるでしょう?」安達が諭すような声で水木優子に言った。「何が見えるか、言ってごらんなさい」

水木優子は、ベランダのほうを見ながら小さくかぶりを振りはじめた。

赤城に幻覚だと言われた瞬間から、百合根は、若い女の姿が見えなくなっていた。

だが、水木優子にはまだ見えているのだろう。

「細田さん……」

水木優子は、ささやくような声で言った。

「細田さん？」

安達春輔が言った。「細田さんの霊が見えるのですね？」

彼女は安達春輔の声など聞こえないような様子だ。まだ首を横に振りつづけている。その動きがだんだん大きくなる。

そして大きく息を吸い込んだ。

次の瞬間、彼女は絶叫した。

「いやあ！」

彼女は、戸口に向かって走ろうとした。その前に安達春輔が立ちはだかった。

「今逃げると、細田さんは一生あなたにつきまといますよ」

水木優子は、飛び出さんばかりに目を見開いて抗った。

「いや、いや、いや、いや……」

安達春輔は、彼女の両手首を捕まえている。水木優子は、首を巡らせ恐怖にひきつった顔でベランダのガラス戸を見つめている。

彼女はまた上原を見た。すがるような眼差しだった。

上原の顔は真っ青だった。

「いやだ。もう、こんなところにいたくない」

水木優子は取り乱している。完全に我を失っているようだ。

「放して。もう、いや!」

カメラマンは、千葉の指示でベランダを映していた。それからまた、暴れる水木優子にカメラを戻した。

「落ち着いて。私が細田さんと話をします」

「いや……」水木優子はびくりと体をすくめ、安達春輔を見つめた。「だめ、やめて……」

「細田さんの気持ちを聞いてあげなければ、彼は成仏できずに、この世をさまよいつづけるのですよ」

「いや……」水木優子は、呆けたように安達春輔を見つめ、同じ言葉を繰り返すだけだった。「だめ」

そして、水木優子は、カメラのほうを見て言った。

「もういや。やめて。撮影なんてしないで」

カメラマンは、驚いたようにファインダーから目を離して千葉を見た。

千葉が言った。

「カメラを止めろ。いったん撮影は中止だ」

カメラマンはハンディーカメラを下ろした。

「なぜカメラを止める」板垣プロデューサーが言った。「おもしろい絵じゃないか」

「彼女の様子がおかしい。休ませたほうがいい」

「霊のせいだろう。それを押さえなくてどうする」

「いや。どうやら、ここにわれわれを集めたのは、除霊が目的ではないようです。本当の目的はほかにある」

千葉は百合根を見た。

「そうですね？」

百合根はこたえることができなかった。

生まれて初めて心霊現象を体験したショックからまだ覚めずにいた。

百合根の代わりに青山がこたえた。

「そう。細田さんを殺した犯人をはっきりさせるのが本当の目的なんだ」

「細田を殺した犯人……」板垣は眉をひそめた。「誰なんだそれは……」

「今、水木さんが教えてくれた」

「優子が……？」

板垣は水木優子を見た。

水木優子はようやく落ち着きを取り戻しつつあったが、依然として顔色を失い、唇を固く結んで青山を見つめている。

百合根は驚いて青山を見た。

「じゃあ」

板垣が言った。「犯人は優子なのか？」

「どうかな……。少なくとも、本人はそう思っているようだけどね」

その場にいる誰もが水木優子に注目していた。青山は言った。

「水木さんは、細田さんの霊を見た。それは幻覚なんだけどね。細田さんの幻覚を見る理由があったんだ」

「幻覚……？」

板垣が言った。

「そう。今日、ここで心霊現象を体験した人が何人かいるはずだ」

百合根は、思わず周囲を見回した。戸川一郎と佐分利、菊川が落ち着かない様子だった。おそらく、彼らも何かを見たのかもしれない。

「腕時計が停まっている人もいるかもしれない」

そう言われて、腕時計をしている者は全員手もとを見た。

「あ……」北森が言った。「停まってる……」

戸川一郎が言った。

「僕の時計も停まっています」

百合根は、やはりこの世に心霊現象はあったのだと思った。それを今夜体験してしまったのだ。

「そう」安達春輔が言った。「強い霊の波動を感じました」

青山が安達春輔に言った。

「でもね、それ、霊の波動じゃないかもしれない」

安達春輔は能面のような顔にかすかに戸惑いの色を浮かべた。

「何ですって？」

「心霊現象の原因は、磁気の変化なんだ」

「磁気の変化？」

「それについては、赤城さんと翠さんに説明してもらう」

青山にうながされ、翠が言った。

「この部屋の磁気を測定した結果、百五十ミリガウスから二千ミリガウスにわたる磁気の大きな変化がありました。二千ミリガウスというのは、通常の百倍にも当たる強い磁気です」

赤城が続けた。

「最初にこの部屋の磁気に気づいたのは翠だった。そして、安達さんの頭痛も磁気の変化に反応しているんだ」

「私の頭痛が磁気に……？」

「俺は医者だからな。頭痛を霊の仕業にはしておけない。あんたは、頭痛が心霊現象をキャッチするサインだと言ったな？　だが、頭痛には生理的あるいは物理的な原因がある。翠が磁気に気づいたので、それが誘因じゃないかと思った。それで調べてみると、おもしろい研究をしている学者がいることがわかった」

「学者の研究だと」川那部検死官が言った。「それが、犯人とどういう関係があるんだ？」

「順を追って説明しなけりゃならない」

赤城が川那部のほうを見ずに言った。

「カナダ・ローレンシア大学のマイケル・パーシンガーという脳神経学者だ。パーシンガーによると、磁気の乱れが人間の側頭葉に影響を及ぼし、異常な電流を発生させるらしい。側頭葉というのは、記憶をつかさどる場所だ。そこに異常な電流が発生することで、過去の記憶などが幻覚となって現れることがあるという。つまり、それが心霊現象の正体というわけだ」

「磁気が心霊現象の原因?」

安達春輔は納得しない様子で聞き返した。

赤城はうなずいた。

「日本の心霊スポットと呼ばれる場所で磁気を測定すると、ほぼ間違いなく磁気の乱れを測定できるそうだ。そういう場所ではしばしばアナログ式の時計が停まる。磁気のせいだ」

「気温が下がった気がしました」百合根は言った。「心霊現象が起きるときに、実際に気温が下がるという話を聞いたことがあります」

「それも磁気の変化で説明がつく。磁気冷却現象というんだ。対象物に強い磁気をかければ、対象物は温度を上げる。そして磁気を弱めると、対象物のまわりから熱が奪われる。周囲は冷却されることになる」

翠が赤城に続いて言った。

「この部屋に磁気の乱れが発生する原因は、外に立っている送電線の鉄塔よ」

「送電線の鉄塔？」菊川が尋ねた。「だが、心霊現象はこの部屋だけで起きるんだろう？鉄塔が原因ならば、ほかの部屋で起きても不思議はない」

「この部屋は、鉄塔の方向を向いている」翠がこたえた。「そして、最上階にある。送電線の影響を一番受けやすい環境にあるのよ。同じ向きの部屋でも下の階は送電線から遠いので影響が少ないというわけ」

「ちなみに……」

赤城は補足説明した。

「海外のデータだが、高圧線の近くに住む人々は、鬱病やノイローゼにかかる確率が高いという。やはり磁気が脳に何らかの影響を及ぼしているのかもしれない。そして、たしかにこの部屋では過去に自殺した人がいたようだ。その人も、磁気の影響に敏感な人だったのだろう」

「じゃあ……」百合根が言った。「僕たちが今体験したのは、磁気の乱れによる幻覚だったということですか？」

　赤城はうなずいた。

「そういうことになる」

　青山が言った。

「見る幻覚は人それぞれだ。呼び起こされた記憶がもとになっているからね。一番恐れていることが幻覚となる場合が多いと思う。そこで僕は、記憶の呼び水になるようなことを彼女にささやいた」

「記憶の呼び水？」

　川那部が聞き返した。

「そう。昨日《きのう》、水木さんに会ったとき、水木さんがこう言ったんだ。細田さんがよりを戻したがっているかどうか、本人の霊にでも訊いてみればいいって……。だから、さっき僕は彼女に言った。今夜は、細田さんの霊に直接話を聞けるかもしれない、と」

「彼女は、磁気の刺激で細田さんの幻覚を見たということですか？」

　百合根が尋ねると、青山はうなずいた。

「そう。細田さんが死んだことは、水木さんの大きな心の傷になっていたのかもしれない。でもね、それだけじゃ、あんなに取り乱したりはしない」

一同はまた水木優子に注目した。

彼女は、じっと青山を見つめていた。張りつめた表情をしている。長い沈黙があった。

やがてまた青山が語りはじめた。

「彼女が細田さんの幻覚を見た理由、そして、あんなに取り乱した理由は一つ。自分が細田さんを殺したという思いがあったからだ」

「そうなのか？」板垣プロデューサーが水木優子に尋ねた。「おまえが、やったのか？」

水木優子は、板垣に眼を移した。

彼女の緊張は極限まで達しているように見えた。

その緊張がふいに緩んだ。彼女は、がっくりと肩の力を抜き、大きく息を吐きだした。視線を落とす。やがて、彼女はぽつりと言った。

「殺すつもりなんてなかった」

誰もが彼女の発言に耳を傾けていた。

さらに水木優子は言った。

「打ち上げのお店を出て、安達さんが先にタクシーに乗り、二人きりになったとき、酔っぱらった細田さんが、強引に迫ってきたのよ。あたしを店の脇の路地に引っぱっていって、抱きついてきた。あたしは、ものすごく腹が立って彼を突き飛ばした。そこには、コンクリートの階段があって、細田さんは、足をもつれさせて階段から落ちたのよ。そして、動かなくなった……。はずみだったのよ」

川那部検死官が大きく息をついた。

「そこで後頭部を打ち、さらに首に衝撃が加わって細田は死んだわけか……」

「本当に……」彼女は訴えかけるように言った。「殺す気なんてなかった」

川那部は尋ねた。

「細田が復縁を迫っていたというのは本当なのか？」

水木優子はうなずいた。

「本当よ。でもあたしにはその気はなかった……」

川那部検死官が北森を見て言った。

「いずれにしろ、はずみということになれば、殺人ではない。彼女に殺意はなかった。過失致死ということになるな」

青山が言った。

「殺した人はほかにいるよ」

川那部が驚いた表情で青山を見た。

「何だって？」

百合根も驚いていた。今、水木優子はたしかに自分が突き飛ばして細田がコンクリートの階段から落ちたのだと言った。それが死因だと考えられる。百合根は尋ねた。

「誰が殺したというんです？」

「それも彼女が教えてくれた」

「どういうことだ？」

川那部が尋ねると、青山はこたえた。

「彼女が細田さんの幻覚を見たとき、最初に上原さんのほうを見た」

「上原……」

川那部は、部屋の隅に立っていた上原を見た。今度はみんなの注目が上原に集まった。

上原は、口をぽかんと開け、意外な成り行きに戸惑っている様子だ。

「ちょっと待ってよ……」上原は、無理やり笑おうとしているようだ。「それが何だっていうんだよ」

青山はこたえた。

「共犯者に救いを求めたんだ」

「冗談じゃないよ。どうしてそうなるのさ」

「犯罪者の心理さ。ごまかそうとしてもどうしてもごまかせない行動というものがある」

「そんなの証拠にならないじゃないか」

「いい？　細田さんは、『タイフーン』のそばで頭を強く打って倒れた。それは確かだ。その細田さんを、誰かが部屋まで運んだ。一人じゃ無理だ。そして、その時間に回っていたビデオテープには二人の足音が入っていた。そのうちの一人は、水木さんだ。もう一人いたんだよ」

青山の説明を聞き、川那部が水木優子に尋ねた。

「どうなんです？」

水木優子はすでに腹をくくったようだ。

「上原さん。もうごまかせないわ」

上原は慌てた様子だった。

「何を言うんだ」

「たしかに、細田さんの遺体をここまで運ぶのを手伝ってくれたのは、上原さんよ。階段から落ちて動かなくなった細田さんを見て茫然としていると、そこに上原さんが戻ってきた。上原さんは、事故に見せかけようと言った。そして、二人で細田さんを車に乗せ、ここに運んできたのよ」

「それは」菊川が尋ねた。「オクトパス・プロのバンですね？」

「そうです」

菊川は思案する様子で、上原に向かって言った。

「つまり、あなたは、車を会社には戻さなかった。会社に帰るふりをして『タイフーン』のそばに駐車していた。そして、細田さんが彼女を無理やり建物の陰に引き込むのを見て車を降りて駆けつけた。そういうことですね？」

「冗談じゃない。その女は嘘を言っている。俺は、遺体を運んでなんかいない」

菊川が言った。

「事件当夜、被害者の死亡推定時刻のころに、このマンションの正面玄関前で、オクトパス・プロの車と特徴が一致するバンが目撃されているんです」

「同じ車なんて、いくらでもあるだろう」

「苦しい言い訳に聞こえるな」

「俺は車を会社に戻した。目撃された車が会社の車だとしても、俺が運転していたとは限らない。誰か別のやつが運転してきたということも考えられる」

「時間が合わないんだ」

青山が言った。

「時間？」

「そう。本当にオクトパス・プロに車を戻したのだとしたら、水木さんが細田さんと揉み合った時間までに『タイフーン』に戻れたはずがない。それにね、オクトパス・プロのほかの社員には細田さんを殺す動機がない」

「千葉さんは、収録中に細田さんと口論していた。二人は普段からいがみ合うことが多かった」

青山はかぶりを振った。

「ビデオテープの画像が飛んでいることに気づいて、そのことをＡＤの戸川さんに話したのは千葉さんなんだ。犯人だったら、絶対にそんなことはしない」

「俺にだってその女を手伝って、遺体を運ぶ理由なんてない」

上原が言うと、水木優子が上原を睨んで言った。

「理由はあるわ。その人、あたしと付き合おうとしていたのよ。以前、一回だけいっしょに飲みに行ったことがある。そのときから口説かれていた」

「なるほど……」菊川が言った。「あんたに対して点数を稼ぎたかったというわけだ」

上原は追いつめられた。

何かしきりに言い訳を考えている様子だ。だが、結局思いつかなかったようだ。彼は開き直った様子で言った。

「ああ、たしかに俺は、その女を口説いていたよ。本気で付き合いたかった。あの夜も、帰った振りをして店の出入り口が見える場所に駐車していた。彼女が出てくるのを待っていたんだ。そして、彼女と細田さんが揉み合うのが見えた。車を降りて駆けつけると、彼女がぼんやりと階段の上に立っていた。下を見ると、細田さんが倒れていたんだ。なんとか彼女を助けようと思った。それで、事故に見せかけようとしたんだ。俺は、死体を運ぶのに手を貸しただけだ。殺したのは彼女だ」

「いいや」青山が言った。「この部屋に運ばれるまで細田さんは生きていた」

「なぜそんなことがわかるんだ?」

青山の代わりに赤城が言った。

「血腫だ。こぶだよ」

「こぶ……？」

上原は怪訝そうな顔をした。

赤城が言った。

「心停止をしたら、血腫はできない。つまり、『タイフーン』の脇の階段から落ちて頭を打ったとき、細田は気を失っただけだった。だが、そこの彼女は細田が死んだと思い込んだんだ」

水木優子は、驚愕に目を見開き、赤城を見つめた。

「細田さんが生きていた……？　まさか……」

「頭のこぶがそれをはっきりと物語っているんだ」

「つまり……」青山が言った。「二人で細田さんをここに運び入れたあとに誰かが殺したことになる。それは、上原さんしかいないんだ」

水木優子は、さっと上原を見た。

「あのとき、先に車に戻ってくれと言ったわね」

「本当ですか？」菊川が確認した。「彼は、あなたを先に車に戻して、一人でこの部屋に残ったのですね？」

「俺じゃない」

上原が言った。「その女は嘘を言っているんだ。先に車に戻ったのは俺のほうだ。彼女が細田を殺したんだ。そして、ビデオテープを巻き戻して証拠の音を消そうとしたんだ」

青山が言った。

「嘘を言ってるのは、あんたのほうなんだな……」

「どうしてそう言い切れる？」

「水木さんは、ビデオカメラが回っていることを知らなかった」

「え……」

上原は、虚を衝かれたように口と目を開いた。

「そうだよね」

青山が千葉に尋ねた。千葉はうなずいた。

「そう。俺が追加の撮影をすると言ったのは、彼女が部屋を出たあとだし、安達さんが無人でカメラを回しっぱなしにしたほうがいいと言ったのは、さらにそのあとのことだ。つまり、彼女はこの部屋でカメラが回っていることは知らなかった」

上原は、口をぽかんと開けたまま千葉を見つめていた。

さらに青山が言った。

「もし、知っていたとしても業務用のビデオカメラのテープを巻き戻して、さらに撮影を再開するなんて、彼女にはできなかったと思うよ。だけど、映像プロダクションのＡＤのあんたには簡単だったはずだ。あんたはね、安達さんが空中に放り投げた紙人形の首に切れ目が入っていたのを見て、細田さんの首を折ったんだ。霊障で事故死した。そういう筋書きを作ろうとしたんだ」

上原は、言葉もなく青山を見つめていた。

「あんたは、水木さんを自分のものにしたくて仕方がなかった。おそらく、昔からファンだったんでしょう。彼女はかつて、細田さんと付き合っていたし、今は板垣さんと付き合っていることを知っていた。だから、板垣さんに近づいて、細田さんがよりを戻したがっていることを教えたりしたんだ。とんだ勘違いだよね。だって、板垣さんは彼女と付き合っているつもりなんてなかったんだから……。二人が付き合っているというのは単なる噂だった」

水木優子が板垣のほうを見た。板垣は、そっぽを向いていた。

「あんたは、なんとか水木さんに自分のほうを振り向かせようとした。そのために、出世も望んだだろう。ＡＤなんかじゃ付き合ってもらえないと思ったんだろうね。板垣さんと近づいたのにはそういう目論見もあったはずだ。だけど、細田さんを出し抜

くわけにもいかない。そして、あんたは細田さんが水木さんとよりを戻したがってい
ることを知っていた。細田さんは、恋敵であると同時に仕事の邪魔者でもあった。細
田さんには消えてほしかった。常識で考えれば細田さんの存在を消すことはできな
い。だけど、そこに、またとないチャンスがやってきたというわけだ」

上原は、じっと青山を見つめていた。

またしても長い沈黙があった。上原は口を開こうとしない。

やがて、彼の体が前後に揺らぎはじめた。そして、彼はがっくりと膝をついた。その肩が震えはじめる。彼は静かに泣いていた。

犯人が「落ちた」瞬間だった。

「おまえがやったんだな？」

川那部検死官が尋ねた。

上原は、両手をついたまま頭を垂れ、肩を震わせながらうなずいた。

川那部検死官は、大きく溜め息をついた。

北森が言った。

「検死官、手錠を……」

川那部は、かぶりを振った。

「いや、手錠をかけるのは君の役目だ」

その顔には敗北感が滲んでいた。そんな川那部を見て、佐分利がひどく恥ずかしそうな顔をしている。

北森が上原に手錠をかけた。間違いなく目黒署の手柄となった。

百合根は、またしてもＳＴのメンバーたちの頼もしさと自分の無力さを痛感していた。


パトカーが手配され、北森と佐分利が上原の身柄を確保し、署に身柄を運んだ。川那部検死官が水木優子をいざない、それに同行した。

彼らがいなくなったあと、板垣がぽつりと言った。

「撮影が台無しになっちまったな」

千葉が言った。

「水木優子が細田の霊を見たというシーンは撮影済みですよ」

「使えるかよ……。俺にだって良心ってものがあるんだ」

千葉はほほえんだ。

板垣が戸口に向かって歩きながら言った。

「番組のスタジオ収録が迫っている。水木優子抜きの映像を編集しなおしてくれ。あんたが得意のドキュメンタリータッチでいい」

「わかりました」

「あんたとは、これからも長い付き合いになりそうだ」

板垣は、戸口から出ていった。

百合根とSTも帰り支度を始めた。

「罪なことをしてしまったようだ」安達が言った。「私が霊視をして首のちぎれかかった紙人形など見せなければ……」

「紙人形は、本当は霊視なんかじゃないんでしょう？」

青山が言った。

百合根は驚いた。だが、安達は落ち着いてこたえた。

「そう。実に単純なトリックですよ。紙人形を放り投げるときに、人差し指と親指で首のところをつまみ、親指の爪で切れ目を入れるんです。床に落ちたときには、心霊現象で首が切れたように見える」

「首のところをちぎった理由は？」

「自殺の多くは、首つりですからね」

　百合根は脱力感を覚えて言った。

「僕は青山さんが、安達さんを疑っているのかと思いましたよ」

「どうしてさ」

「心霊現象にかこつけて、やたらと安達さんに会いたがったじゃないですか」

「ああ、それには別の理由がある。それは赤城さんが説明してくれるよ」

　百合根は赤城を見た。赤城は、安達春輔に向かって言った。

「あんたの頭痛の症状は、精神的なものや血管痛ではないようだ。側頭葉が何らかの刺激を受けて痛み出す。磁気もその一因だ。もう一人の自分が自分を見ているというような体験をしたことはないか？」

「もちろん、幽体離脱の経験は何度もあります」

　赤城はうなずいた。

「幽体離脱やドッペルゲンガー、つまりもう一人の自分を見るという現象は、ある病変の可能性を物語っている」

「病変？」

「前頭葉と側頭葉の境目に、何かの異常があるのかもしれない。その部分は、自分自身の体の大きさや形を無意識に認識している部分だ。その部分に異常が起きると、ドッペルゲンガーや幽体離脱を経験したりするらしい」

安達春輔は、眉をひそめて赤城を見つめていた。

赤城は言った。

「脳腫瘍の疑いがある。早急に検査を受けるんだ」

安達春輔は、しばらく黙っていた。やがて、彼は言った。

「検査は受けましょう」

「けっこうだ。俺が手配しよう」

百合根は青山に尋ねた。

「いつ、安達さんの病気に気づいたのですか？」

「安達さんに気づいたわけじゃない。赤城さんが、妙に安達さんを気にしているのに気づいただけだ」

なるほど、と百合根は思った。

STのメンバーたちは、百合根が思っているよりずっと心が通じ合っているのかもしれない。

部屋を出るときに、安達春輔は振り返り、言った。

「今回の心霊現象は、たしかに磁気が原因だったかもしれません。しかし、私は数多くの心霊現象を経験しています。その中には、霊の存在なしには説明できないものもあるのです」

「わかってる」青山は言った。「あんたなら、きっと頭痛の助けなんか借りなくても、霊能者としてやっていけるよ」

安達春輔は、かすかにうなずき部屋を出て行った。そのとき、百合根は、彼がほほえんだような気がした。

16

またしても徹夜の作業が続いていた。板垣プロデューサーに依頼された急ぎの編集作業だ。千葉も事件のことは一切口に出さず、黙々と作業を続けた。

二日間の徹夜で、編集を仕上げた。

夜明けの編集室で、大きく伸びをすると、千葉は言った。

「これをアサイチで、板垣さんに届けてくれ」

「はい」

一郎ができあがったテープをデッキから取り出し、ラベルに書き込みをしていると、千葉が言った。

「おまえ、俺のことを疑っていただろう」

一郎はどきりとして千葉を見た。

「いえ、あの……」

「いいんだ。俺は疑われて当然のことをした。証拠のビデオテープを隠し持っていたんだからな」

一郎は、ずっと考えていたことを思い切って訊いてみることにした。

「上原さんが犯人だって、知っていたんですか？」

「うすうす勘づいていたよ。あいつしかいないからな。警察に捕まる前に自首してほしかったんだ……」

「そうですか……」

千葉はもう一度伸びをした。

「過ぎたことは仕方がない。これからのことを考えなけりゃな」

「板垣さんは、これからも長い付き合いになりそうだって言ってくれましたね」

「仕事をこなしていかなけりゃならん。細田さんと上原が抜けた穴は大きい」

「そうですね……。誰かを雇う必要がありますね」

「ああ。二人じゃやっていけない」

「経験のあるディレクターを雇うことになりますね」

「いや、ディレクターじゃなくＡＤを雇うように言おうと思う」

「ディレクターは千葉さんだけでいいってことですか？」

「そうじゃない」

「じゃあ、社長が現場に戻るんですか？」

「おまえだよ」

「え……」

「おまえがディレクターになるんだ。おまえならやれる。俺はそう思っている」

一郎は、驚きのあまり茫然と千葉を見つめていた。

「でも、僕は……」

「仕事はやりながら覚えるんだ。そういうもんだ。社長には俺が話しておく」

千葉は椅子から立ち上がり、一郎の肩をぽんと叩くと編集室を出て行った。

僕がディレクター……。

一郎は、まだぼんやりとしていた。

僕がディレクターだって……。

一郎は、心の中で繰り返していた。

安達春輔は、やはり脳腫瘍だった。しかし、手術はうまくいき、順調に回復していると赤城がみんなに報告した。

百合根は、ほっとしていたが、青山はすでに関心を失っている様子で、何の反応も示さなかった。

「脳腫瘍がなくなり、頭痛がしなくなっても、霊能者を続けていけますかね……」

百合根が言った。赤城はその件に関しては何も言わない。翠も関心なさそうだった。もとより黒崎に返事を期待しても無理だ。

山吹が言った。

「あのとき、青山さんが言ったとおりですよ。頭痛がなくなっても霊能者としてやっていけるでしょう。頭痛だけで仕事をしていたわけじゃありませんからね」

「心霊現象って、磁気のせいだったんですね。僕は、あのとき初めて体験してびっくりしましたよ」

「磁気のせいばかりとは限りません」山吹は言った。「安達さんが申されたとおり、この世には霊の仕業としか思えない出来事がいくらでもあります」

「ヒステリーや脳の機能障害、精神的な疾病」赤城は言った。「そういうもので説明がつく例も少なくはない。キャップ、この坊主の言うことを真に受けるなよ」

その日の夕刻、菊川がST室にやってきた。

「川那部検死官が、このところ妙におとなしい」いつになく菊川は機嫌がよさそうだった。「STは仕事がやりやすくなったな」

百合根はそっと溜め息をついた。

「おとなしいのは、一時的なものでしょう。あの人のことだから、また何だかんだ言ってきますよ」

「そのときはまた黙らせてやればいい。STの力でな」

百合根は、おや、と思った。

菊川はいつからST寄りの発言をするようになったのだろう。かつては、菊川自身がSTを目の敵にしていたはずだ。

退庁時間のチャイムが鳴った。

青山があくびをして言った。

「ねえ、僕、帰ってもいい？」

解説——帰っていい？

村上貴史

■第二期

本書は、二〇〇三年に刊行された《STシリーズ》第四作、『ST 青の調査ファイル』の文庫化である。

一九九八年の『ST 警視庁科学特捜班』で始まったこのシリーズは、翌一九九九年の『ST 警視庁科学特捜班 毒物殺人』、さらに二〇〇〇年の『ST 警視庁科学特捜班 黒いモスクワ』（文庫化の際に『黒いモスクワ ST 警視庁科学特捜班』と改題）と続き、そこでいったん小休止する。『黒いモスクワ』に幕切れを示すようなエピソードは特にないが、そのまま単に（《STシリーズ》としては）休息に入るのである。

その後、二〇〇一年にはスペース・ロボット・オペラ《宇宙海兵隊ギガースシリーズ》や格闘技小説《虎の道シリーズ》を開始するなど、《STシリーズ》を離れていた今野敏。だが、やはりこの魅力的な面々が忘れられなかったのか、二〇〇三年にこの『ST　青の調査ファイル』でシリーズを再開させたのである。

この休止期間をはさんで、それ以前の初期三作を《STシリーズ》の第一期、本書『ST　青の調査ファイル』に始まる五冊を第二期ということもできるだろう。この第二期の五冊だが、以下に示すように、タイトルが見事に統一されている（カッコ内は刊行年月）。

『ST　青の調査ファイル』（二〇〇三年二月）
『ST　赤の調査ファイル』（二〇〇三年七月）
『ST　黄の調査ファイル』（二〇〇四年一月）
『ST　緑の調査ファイル』（二〇〇五年一月）
『ST　黒の調査ファイル』（二〇〇五年八月）

青→赤→黄→緑→黒という色の部分が異なるだけなのだ。シリーズの順を示す数字すら付与されていない（この第二期に先だって刊行された《ギガースシリーズ》や《虎の道シリーズ》では、『宇宙海兵隊　ギガース　2』や『虎の道　龍の門　壱』といったように番号でシリーズ内の順番を示していた）。

何故数字での変化をつけず、色の一文字だけを変えただけだったのか……従来からの《STシリーズ》ファンには、何故などと改めて問うまでもあるまい。STの五人の名前を示す色を、それぞれの作品に冠しているのである。本書は「青」。STにおいて文書鑑定を担当する青山翔の「青」である。

■特捜班

さて、本書で《STシリーズ》に初めて接するという方々のために、遅ればせながらSTと主要メンバーの紹介をしておくとしよう。

STとは、警視庁の科学捜査研究所に所属する面々を集めて編成された科学特捜班(Scientific Task Force)のことである(野暮を承知で書いておくが、科学捜査研究所は実在の組織だが、科学特捜班は今野敏が生み出した架空の組織)。ひとたび事件が起こるとSTは現場に乗り出して真相究明に尽力するが、その身分は警察官ではない。あくまでも科学捜査研究所の技術吏員であり、それ故に警察手帳も持たない。

STのキャップである百合根警部の配下にいる五人のメンバーは、科学捜査研究所でもとびきり優秀な人間ばかり。だが、組織をはみ出した極めつきの個性派揃いでもある。

医師免許を持つ法医学担当の赤城左門は、一匹狼を気取るが、リーダーとして抜群の資質を備えた人物でもある。物理担当の結城翠は、抜群に発達した聴覚を備えた美貌の紅一点。露出過多な衣装が目につくが、それは、閉所恐怖症の裏返しである。第一化学担当の黒崎勇治は、嗅覚が人並みはずれて鋭敏。脈拍の乱れを音として捉える結城翠と、発汗の変化を匂いで捉える黒崎勇治のコンビは、人間嘘発見器としても機能する。黒崎はまた武道にも長けている。第二化学担当の山吹才蔵は、実家が寺であり、僧籍を持つ人物。殺人の現場で般若心経を唱えることもしばしば。

そんな四人と渡り合うのが、青山翔である。人々が息を呑むような美貌の持ち主であり、無邪気な少年のような言葉遣いの彼は、秩序恐怖症で自分の周囲を散らかさずにはいられない。その一方で、筆跡鑑定や犯罪者の心理面の分析に頭抜けた才能を持つプロフェッショナルでもある。なかでも彼が得意とするのはプロファイリング。本書でもその才能は遺憾なく発揮されている。

彼の口癖は、「ねえ、僕、もう帰っていい？」である。捜査現場にこれほどに不適切な言葉もないが、それを平気で口にするのが彼なのだ。この『ＳＴ　青の調査ファイル』では、珍しく積極的に事件と取り組んでいるだけにこのセリフが吐かれることは少ないが、シリーズの他の作品では、幾度となく繰り返されている——それも絶妙のタイミングで。ご注目を。

ちなみにこの青山翔だが、今野敏が一九九八年に開始した《安積警部補シリーズ》の一冊『陽炎』(二〇〇〇年)に収録された短篇「科学捜査」にも顔を出している。「帰っていい?」はそちらでも健在だ。現場の刑事連中と全く異なるリズムで事件の解明に一役買う彼の活躍も是非読んでみていただきたい。

■謎解き

本書で青山翔をはじめとするSTの面々が挑むのは、心霊現象めいた怪事件である。霊が出るというマンションの一室で、TVの撮影チームの一人が死んだのだ。警察は一旦、脚立から転落しての死亡と判断するが、STはそれに疑問を覚える……。事故死か他殺か、他殺だとすれば誰が犯人か。本書の基本的な構図はこれである。つまり、この問題を解いていくという、極めてシンプルなミステリなのだ。そして、このシンプルなミステリとしてきっちり作られていることが、本書の力強さの根源なのである。ある現象が起こりえないということを検証したり、あるいは、ある出来事に関する知識を持っている者と持っていない者をきちんと区別したりと、本書での謎解きはそういった手順をきちんと経て、しかも意外な真相へと到達しているのだ。

そして、そこにSTという存在感たっぷりの登場人物たちや、あるいは心霊現象という要素が入ってくる。おそらく、並みのミステリならば、これらはあくまでもトッピングとして、物語に彩りを添えるだけの扱いだったであろうが、本書では謎解きと実に密に絡み合っているのだ。STが彼等ならではの能力を活用して通常では集められない手掛かりを集め、それによって謎解きが進んでいくというのは、そもそもそういったシリーズだから当然とはいえ、心霊現象についての今野敏の処理は、とにかく素晴らしい。謎の本質やミステリとしての醍醐味と、この心霊現象がきっちりと結びついているのである。なかでも、冒頭の心霊現象撮影シーンのある記述が、結末の謎解きのなかで伏線として強烈に効いてくるという演出は特筆に値する。

そう、この『ST　青の調査ファイル』は、シリーズということをいったん忘れても十二分に愉《たの》しめる上質のミステリなのである。なお、シリーズの一冊としては、タイトルに青という文字が入っていることが示すように、青山翔の大活躍が愉しい一冊である。たとえば、彼と霊能者とのスリリングな対話や、STに反感を覚えている検死官（彼もまたシリーズキャラクターであり、憎まれ役としていい味を出している）に対して真相を見抜くと青山翔が啖呵を切る場面などが読みどころといえよう。

ちなみに本書でTVでも活躍する霊能者が重要人物として登場してくるが、今年（二〇〇六年）に入って、井上夢人『ｔｈｅ　ＴＥＡＭ』や藤岡真『白菊』という、TVで売れっ子の霊能者を作品の中核に据えたミステリが相次いで刊行された。ミステリとしては、本書を含め三冊ともかなりの出来映えなので、霊能者の扱いの相違を読み比べてみるのも一興だろう。

■新人賞

本書の著者である今野敏は、一九七八年の第四回問題小説新人賞「怪物が街にやってくる」でデビューした。つまり、キャリアは三〇年近くに及び、著作も一二〇冊を超えている作家なのである。その作家が、今年二〇〇六年、新人賞を受賞した。『隠蔽捜査』（二〇〇五年）が、第二七回吉川英治文学新人賞を獲得したのである（二〇〇五年には一九九一年デビューの恩田陸も受賞しているので、新人賞といいつつも、様々な受賞者を輩出している賞である）。

受賞作は、東大卒のキャリアの竜崎を主人公にした作品で、警察庁長官官房総務課長である彼が、警察組織や自分自身を揺るがす事件と闘い抜く姿を描いている。竜崎は、たとえドロドロとした犯罪と接し続ける仕事とはいえ、自分自身は徹頭徹尾私利私欲を排し、国のために仕事をするという姿勢を貫いているのだ。そんな彼は、ケース・バイ・ケースという言葉を嫌い、あくまでも原則に則《のっと》って行動し、そう発言する。それ故に軋轢《あつれき》も多いのだが、そんな生き方しかできないのだ。

そんな竜崎が活躍する『隠蔽捜査』は、キャリア対キャリア、警察対マスコミ、さらには警察官と家族といったいくつもの観点で深く味わうことのできる優れた作品なのだが、《STシリーズ》の読者としては、今野敏の警察描写に注目したい。そう、物語の大半が警察内部で警察官が繰り広げるシリアスなこのドラマを通じて、今野敏の警察小説作家としての実力が極めて明確に世に示され、そして賞というかたちで世に認められたのである。

その実力があるからこそ、《STシリーズ》では、登場人物たちを思い切り個性的にデフォルメしても、全体では警察小説としての緊密さが失われないのである。

謎解きにしても警察描写にしても専門家としての実力を示している今野敏だが、彼の専門性は、なにもこの二点に絞られているわけではない。化学、音楽、武道など、他にも様々な分野について造詣が深いのだ。しかもそれを作品のプロットにしっかりと織り込み、読者に伝える能力も彼は備えている。その多才ぶりは、もしやSTの五人のすべてが今野敏の分身かと思いたくなるほどハイレベル。読者の方々には、第二期の五冊を楽しく読みつつ、今野敏の底知れぬ才能を確かめてみてもらえればと思う。なにしろ第二期の五冊というのは、STの五人の専門家を一冊につき一人ずつ中心人物として配置し、その中心人物に相応《ふさわ》しい事件を用意することで、キャラクターを掘り下げている五冊でもあるのだ。つまりそれぞれの作品ごとに、STの誰かの専門性が、すなわち今野敏の専門性が示されているのである。彼の奥深さを知るには、最適の五冊といえよう。

現在最も勢いのあるベテランにして新人が、シリーズの新たな幕開けを飾る作品として世に送り出した一冊――それこそがこの『ST　警視庁科学特捜班　青の調査ファイル』なのだ。

●本書は二〇〇三年二月、小社ノベルスとして刊行されました。

|著者| 今野 敏　1955年北海道三笠市生まれ。上智大学在学中の1978年『怪物が街にやってくる』（現在、朝日文庫より刊行）で問題小説新人賞受賞。卒業後、レコード会社勤務を経て作家となる。2006年『隠蔽捜査』（新潮社）で吉川英治文学新人賞受賞。2008年『果断　隠蔽捜査２』（新潮社）で山本周五郎賞、日本推理作家協会賞受賞。「空手道今野塾」を主宰し、空手、棒術を指導。主な近刊に『欠落』、『宇宙海兵隊ギガース６』（講談社）、『警視庁ＦＣ』（毎日新聞社、講談社ノベルス）、『連写　ＴＯＫＡＧＥ３ 特殊遊撃捜査隊』（朝日新聞出版）、『宰領　隠蔽捜査５』（新潮社）、『晩夏』（角川春樹事務所）、『虎の尾　渋谷署強行犯係』（徳間書店）、『ペトロ』（中央公論新社）、『クローズアップ』（集英社）、『確証』（双葉社）、『アクティブメジャーズ』（文藝春秋）、『廉恥』（幻冬舎）などがある。

ＳＴ《エスティー》 警視庁《けいしちょう》科学《かがく》特捜班《とくそうはん》 青《あお》の調査《ちょうさ》ファイル

今野《こんの》 敏《びん》

2006年５月15日第１刷発行
2014年５月23日第18刷発行

講談社文庫
定価はカバーに
表示してあります

発行者――鈴木　哲
発行所――株式会社　講談社
東京都文京区音羽2-12-21　〒112-8001
電話 出版部（03）5395-3510
販売部（03）5395-5817
業務部（03）5395-3615

Printed in Japan

デザイン―菊地信義
本文データ制作―講談社デジタル製作部
印刷―――豊国印刷株式会社
製本―――加藤製本株式会社

ISBN4-06-275398-7

講談社文庫刊行の辞

二十一世紀の到来を目睫に望みながら、われわれはいま、人類史上かつて例を見ない巨大な転換期をむかえようとしている。

世界も、日本も、激動の予兆に対する期待とおののきを内に蔵して、未知の時代に歩み入ろうとしている。このときにあたり、創業の人野間清治の「ナショナル・エデュケイター」への志を現代に甦らせようと意図して、われわれはここに古今の文芸作品はいうまでもなく、ひろく人文・社会・自然の諸科学から東西の名著を網羅する、新しい綜合文庫の発刊を決意した。

激動の転換期はまた断絶の時代である。われわれは戦後二十五年間の出版文化のありかたへの深い反省をこめて、この断絶の時代にあえて人間的な持続を求めようとする。いたずらに浮薄な商業主義のあだ花を追い求めることなく、長期にわたって良書に生命をあたえようとつとめるところにしか、今後の出版文化の真の繁栄はあり得ないと信じるからである。

同時にわれわれはこの綜合文庫の刊行を通じて、人文・社会・自然の諸科学が、結局人間の学にほかならないことを立証しようと願っている。かつて知識とは、「汝自身を知る」ことにつきていた。現代社会の瑣末な情報の氾濫のなかから、力強い知識の源泉を掘り起し、技術文明のただなかに、生きた人間の姿を復活させること。それこそわれわれの切なる希求である。

われわれは権威に盲従せず、俗流に媚びることなく、渾然一体となって日本の「草の根」をかたちづくる若く新しい世代の人々に、心をこめてこの新しい綜合文庫をおくり届けたい。それは知識の泉であるとともに感受性のふるさとであり、もっとも有機的に組織され、社会に開かれた万人のための大学をめざしている。大方の支援と協力を衷心より切望してやまない。

一九七一年七月

野間省一

小池真理子　夏 の 吐 息
小池真理子　秘 密〈小池真理子対談集〉
幸田真音　小説ヘッジファンド
幸田真音　マネー・ハッキング
幸田真音　日本国債(上)(下)〈改訂最新版〉
幸田真音　e の 悲 劇〈IT革命の光と影〉
幸田真音　凛《りん》冽《れつ》の宙《そら》
幸田真音　コイン・トス
幸田真音　あなたの余命教えます
小森健太朗　ネヌウェンラーの密室
五味太郎　大 人 問 題
五味太郎　さらに・大人問題
鴻上尚史　あなたの魅力を演出する ちょっとしたヒント
鴻上尚史　あなたの思いを伝える 表現力のレッスン
小林紀晴　アジアロード
小泉武夫　地球を肴に飲む男
小泉武夫　納 豆 の 快 楽
小泉武夫　小泉教授が選ぶ「食の世界遺産」日本編
小泉武夫　夕焼け小焼けで陽が昇る

五條 瑛　熱 氷
五條 瑛　上 陸
近藤史人　藤田嗣治「異邦人」の生涯
古閑万希子　美 し い 人〈9 Lives〉
古閑万希子　ユア・マイ・サンシャイン
小前 亮　李《り》世《せい》民《みん》
小前 亮　趙《ちょう》匡《きょう》胤《いん》〈宋の太祖〉
小前 亮　李巌と李自成
小前 亮　中国皇帝伝〈歴史を動かした28人の光と影〉
小前 亮　朱元璋 皇帝の貌《かお》
香月日輪　妖怪アパートの幽雅な日常①
香月日輪　妖怪アパートの幽雅な日常②
香月日輪　妖怪アパートの幽雅な日常③
香月日輪　妖怪アパートの幽雅な日常④
香月日輪　妖怪アパートの幽雅な日常⑤
香月日輪　妖怪アパートの幽雅な日常⑥
香月日輪　妖怪アパートの幽雅な日常⑦
香月日輪　妖怪アパートの幽雅な日常⑧
香月日輪　妖怪アパートの幽雅な日常⑨

香月日輪　大江戸妖怪かわら版①〈異界より落ち来る者あり〉
香月日輪　大江戸妖怪かわら版②〈異界より落ち来る者あり 其之二〉
香月日輪　大江戸妖怪かわら版③〈封印の娘〉
近衛龍春　直江山城守兼続(上)(下)
近衛龍春　長宗我部元親
小山薫堂　フ ィ ル ム
小林 篤　足 利 事 件〈冤罪を証明した一冊のこの本〉
香坂 直　走れ、セナ！
小林正典　英国太平記
小 鶴　カンガルーのマーチ
木原音瀬　箱 の 中
木原音瀬　美 し い こ と
木原音瀬　秘 密
神立尚紀　祖父たちの零戦〈Zero Fighters of Our Grandfathers〉
古賀茂明　日本中枢の崩壊
佐藤さとる　だれも知らない小さな国〈コロボックル物語①〉
佐藤さとる　豆つぶほどの小さないぬ〈コロボックル物語②〉
佐藤さとる　星からおちた小さなひと〈コロボックル物語③〉
佐藤さとる　ふしぎな目をした男の子〈コロボックル物語④〉

講談社文庫 目録

佐藤さとる 〈コロボックル物語⑤〉小さな国のつづきの話
佐藤さとる 〈コロボックル物語⑥〉コロボックルむかしむかし
佐藤さとる 天狗童子
早乙女 貢 沖田総司(上)(下)
早乙女 貢 会津啾々記〈脱走人別帳〉
佐藤愛子 戦いすんで日が暮れて
佐木隆三 復讐するは我にあり(上)(下)
佐木隆三 成就者たち
佐木隆三 慟哭〈小説・林郁夫裁判〉
澤地久枝 時のほとりで
澤地久枝 私のかかげる小さな旗
澤地久枝 道づれは好奇心
沢田サタ編 泥まみれの死〈沢田教一ベトナム戦争写真集〉
佐高 信 日本官僚白書
佐高 信 孤高を恐れず〈石橋湛山の志〉
佐高 信 官僚たちの志と死
佐高 信 官僚国家＝日本を斬る
佐高 信 石原莞爾その虚飾
佐高 信 日本の権力人脈《パワー・ライン》
佐高 信 わたしを変えた百冊の本
佐高 信 佐高信の新・筆刀両断
佐高 信 佐高信の毒言毒語
佐高 信 田原総一朗とメディアの罪
佐高 信 新装版 逆命利君
佐高信編 男の美学〈ビジネスマンの生き方20選〉
佐高 信 宮本政於 官僚に告ぐ！
さだまさし 日本が聞こえる
さだまさし いつも君の味方
さだまさし 遙かなるクリスマス
佐藤雅美 影帳 半次捕物控
佐藤雅美 揚羽の蝶(上)(下)〈半次捕物控〉
佐藤雅美 命みょうが〈半次捕物控〉
佐藤雅美 疑惑〈半次捕物控〉
佐藤雅美 泣く子と小三郎〈半次捕物控〉
佐藤雅美 髻塚《もとどりづか》不首尾《ふしゅび》一件始末《いっけんしまつ》〈半次捕物控〉
佐藤雅美 天才絵師と幻の生首〈半次捕物控〉
佐藤雅美 御当家七代お祟り申す〈半次捕物控〉
佐藤雅美 恵比寿屋喜兵衛手控え
佐藤雅美 無法者《アウトロー》
佐藤雅美 物書同心居眠り紋蔵
佐藤雅美 隼小僧異聞〈物書同心居眠り紋蔵〉
佐藤雅美 密約〈物書同心居眠り紋蔵〉
佐藤雅美 お尋者〈物書同心居眠り紋蔵〉
佐藤雅美 老博奕打ち〈物書同心居眠り紋蔵〉
佐藤雅美 四両二分の女〈物書同心居眠り紋蔵〉
佐藤雅美 白い息〈物書同心居眠り紋蔵〉
佐藤雅美 向井帯刀の発心〈物書同心居眠り紋蔵〉
佐藤雅美 一心斎不覚の筆禍〈物書同心居眠り紋蔵〉
佐藤雅美 魔物が棲む町〈物書同心居眠り紋蔵〉
佐藤雅美 開国〈愚直の宰相・堀田正睦〉
佐藤雅美 手跡指南神山慎吾
佐藤雅美 樓《ろう》の岸《きし》夢《ゆめ》一《いち》定《じょう》〈蜂須賀小六〉
佐藤雅美 啓順凶状旅
佐藤雅美 啓順地獄旅
佐藤雅美 啓順純情旅
佐藤雅美 百助嘘八百物語
佐藤雅美 お白洲無情

講談社文庫　目録

里見　蘭 三田紀房／原作　小説ドラゴン桜〈カリスマ教師集結篇〉
里見　蘭 三田紀房／原作　小説ドラゴン桜〈挑戦！東大模試篇〉
佐藤友哉　フリッカー式〈鏡公彦にうってつけの殺人〉
佐藤友哉　エナメルを塗った魂の比重〈鏡稜子ときせかえ密室〉
佐藤友哉　水没ピアノ〈鏡創士がひきもどす犯罪〉
佐藤友哉　クリスマス・テロル〈invisible×inventor〉
桜井亜美　チェルシー
桜井亜美　Frozen《フローズン》 Ecstasy《エクスタシー》 Shake《シェイク》
サンプラザ中野　〈小説〉大きな玉ネギの下で
櫻田大造　「優」をあげたくなる答案・レポートの作成術
桜井潮実　「うちの子は『算数』ができない」と思う前に読む本
佐川光晴　縮んだ愛
沢村　凜　カタブツ
沢村　凜　あやまち
沢村　凜　さざなみ
沢村　凜　タソガレ
佐野眞一　誰も書けなかった石原慎太郎
佐野眞一　津波と原発
佐藤多佳子　一瞬の風になれ 第一部／第二部／第三部

笹本稜平　駐在刑事
佐藤亜紀　鏡の影
佐藤亜紀　ミノタウロス
佐藤亜紀　醜聞の作法
佐藤千歳　インターネットと中国共産党〈「人民網」体験記〉
samo　きみにあいたい〈あかりが生きた239日、そして12時間〉
斎樹真琴　地獄番 鬼蜘蛛日誌
桜庭一樹　ファミリーポートレイト
佐々木則夫　なでしこ力〈さあ、一緒に世界一になろう！〉
沢里裕二　淫府再興
司馬遼太郎　新装版 播磨灘物語 全四冊
司馬遼太郎　新装版 箱根の坂(上)(中)(下)
司馬遼太郎　新装版 アームストロング砲
司馬遼太郎　新装版 歳月(上)(下)
司馬遼太郎　新装版 おれは権現
司馬遼太郎　新装版 大坂侍
司馬遼太郎　新装版 北斗の人(上)(下)
司馬遼太郎　新装版 軍師二人
司馬遼太郎　新装版 真説宮本武蔵

司馬遼太郎　新装版 戦雲の夢
司馬遼太郎　新装版 最後の伊賀者
司馬遼太郎　新装版 俄(上)(下)
司馬遼太郎　新装版 尻啖え孫市(上)(下)
司馬遼太郎　新装版 王城の護衛者
司馬遼太郎　新装版 妖怪(上)(下)
司馬遼太郎　新装版 風の武士(上)(下)
司馬遼太郎 海音寺潮五郎　新装版 日本歴史を点検する
司馬遼太郎 井上ひさし　新装版 国家・宗教・日本人
司馬遼太郎 陳舜臣 金達寿　新装版 歴史の交差路にて〈日本・中国・朝鮮〉
柴田錬三郎　岡っ引どぶ 正・続〈柴錬捕物帖〉
柴田錬三郎　お江戸日本橋(上)(下)
柴田錬三郎　三国志〈柴錬痛快文庫〉
柴田錬三郎　江戸っ子侍(上)(下)
柴田錬三郎　貧乏同心御用帳
柴田錬三郎　新装版 岡っ引どぶ〈柴錬捕物帖〉
柴田錬三郎　新装版 顔十郎罷り通る(上)(下)
柴田錬三郎　新装版 岡っ引どぶ(続)〈柴錬捕物帖〉
城山三郎　ビッグボーイの生涯〈五島昇その人〉

2014年3月15日現在